意料之外事件簿

阿濃 著

意料之外事件簿
作者／阿濃
插畫／棗田
策劃編輯／賴百樂
協力編輯／卓希雪
封面設計／劉碧雲
美術設計／陳詩韻
出版發行／突破出版社
香港沙田亞公角山路33號突破青年村
電話：2632 0000　傳真：2632 0388
電郵：breakthrough@breakthrough.org.hk
網址：http://www.breakthrough.org.hk
http://www.btproduct.com
承印／海洋印務
2023年7月初版1刷

A Turn-up for The Books
by A Nong
First Printing, First Edition, July 2023

Printed in Hong Kong
ISBN 978-988-8562-87-9

本書採用環保油墨印刷

或坐在巨人的肩膀上，
或呷一口書香，
讓我們的生活漸次提升，
讓眼界更遼闊。

目　錄

序：意外之喜　8

意料之外的現象

會考金曲《綠袖子》　12
現代愛情　14
孻穪　16
二手衫　19
台下胡思　21
秘密基地　23
證明沒關係　26
怎麼知道你老了　28
八耐舜子細味人生　30
都是帶着點心事　32
信札不再　34
說說而已　36

意料之外的表現

人生與鏡 40
戀愛素人 42
文學人 44
記得那一刻 46
幫閒角色 48
劣質表現 50
老婆特質 52
老公特質 54
賣弄風情 56
悲觀和達觀 58
我們有時會把人看錯 60
生活中的懶 62
生命中兩個我 65
愛在其中 67
引淚點 69
認真先生 71
誰的文章？ 73
星星 75
鞦韆 77
詩人少吟家庭 79
白居易失眠 81
詩人與美女 84
妙手神偷 86
洛夫的《唐詩解構》 88
字的味道 90
有些事情不佩服 92
大陸網上社會教育短片 94
「中二病」 96
卿本佳人 98
媽媽和孩子 100
人人都有道理 102
給孩子最首要的東西 104
當看不見 106
若無其事 109
裸體狀態 111
做松鼠也不差 113
材和用 115

意料之外的情感

今晚的月色真美 120
難得的情歌 122
愛情專家 124
為何觀感不同 126
新一代偶像新一代歌 128
此時此夜難為情 130
排隊 132
幻象 135
最後一程 137
最後時分 140
豬八戒的悲哀 142
意外的眼淚 144
廿七年前一長信（上） 146
廿七年前一長信（中） 148
廿七年前一長信（下） 150
難以抗拒的親近 152
父親給兒子的《備忘錄》 154
黃霑談死 156
打包情意 158
夢境 160
尋貓 162

意料之外的原因

表象背後 166
有趣的經濟指數 168
風格之形成 170
俗從何來 172
認識你在哪階段？ 175
莫作等閒看 177
多謝小學老師 179
「冇茶飲唔得」 181
明白了 184
鎚子和釘子 187
不是先知（童話一則） 189
為何不爭 191

意料之外的結果

希望象徵 196

老師，你可記得我？ 198

寒冬暖意 201

弄丟了什麼？ 203

省下來的時間 206

未上鎖的門 209

予欲無言 211

記得這些往事 213

歌中故事 215

新婚夜 217

藝能累人 219

一生一本書 221

誰是「大師」 223

不屑敷衍 225

噍料 227

十不言之外 229

有些話還是要聽的 232

誰困在你身體裏？ 234

拗頸人生 236

點指兵兵 238

臥虎藏龍 240

長者的 Bumper 標貼 242

如果聽不見 244

不會落空 246

沒有什麼大不了 248

生日感言 250

墓地探訪 252

序：意外之喜

生活中沒有意料之外，如靜水無波，一切按計劃進行，結果恰如所料，看似美滿，其實沒趣。

此所以我們喜歡悄悄安排為至愛親朋慶祝生日，要給他一個 surprise ！

人生三萬多個日子，能存於記憶的不及百分之一，其意料之中的如畢業、購屋、結婚、生子、創業、旅遊、退休，其他就是少數意料之外的事件，或喜或悲或驚。喜能喜出望外，悲能破涕為笑，驚能化險為夷，就成為生命中的亮點。

本書記下一百多個事件，有意料之外的現象，從中可能引發你的思考，事情為什麼會這樣？有意料之外的表現，尋常人做出不尋常的事，使你又好笑又詫異。有意料之外的感情，當事人可能來不及反應，但那感動定必強烈。有意料之外的原因，非出自常理，卻是竟然如此。有意料之外的結果，令你捏一把汗，幸能平安度過；以為及格而已，卻考得 5**。

本書目的之一，就是讓你閱讀時有意外收穫，有所領悟，有所啟發，影響未來的生活態度。

我敍事的方式亦莊亦諧，嚴肅的事情也能輕鬆地說，就是想作為讀者的你時有意外之喜。

夢想還是要有的，
不然喝多了，
你跟別人聊什麼？

——八耐舜子（洪岳舜）

意料之外的現象

會考金曲《綠袖子》

香港中學會考，香港高級程度會考，香港中學文憑考試的聆聽考試背景音樂是《綠袖子》(*Greensleeves*)。此曲由 1995 年採用至今，會考制度有變更，但聆聽考試的背景音樂依然，成為許多學生的集體回憶。

據當年有份選曲的考評局前副秘書長京力士 (Rex King) 說，當時選擇《綠袖子》與歌曲含意無關，只是在考試期間不適合播放流行曲或古典音樂，要選擇調子簡單的樂曲，《綠袖子》正符合要求。

《綠袖子》是一首流傳甚廣的英國民謠，十六世紀開始流行，作曲家至今未能確定。有傳說是英王亨利八世作曲獻給他心愛的安妮・博林王后。安妮曾經拒絕亨利八世的愛，亨利在自己的衣袖上套上情人的袖子，宣示愛意。

此曲曾經多種改編，也有不同樂器演奏的版本，在網上都可聽到。

中文歌曲用綠袖子配詞的有許冠傑的《寂寞聖誕》：

望見星星光輝照塵寰，滿街燈飾美觀燦爛。萬眾歡欣佳節來臨，唯獨我街角默默暗歎……

有林志炫的《蜘蛛》：

我在愛經過的地方結網，然後在角落靜靜的盼望。擅長編織美麗的圖案，等待卻是宿命的習慣……

最有趣的是港鐵一首宣傳歌曲，勸喻搭客不要阻塞車廂門前通道，盡量移向裏面：

望向車廂 King-size 人牆，玩 App 懶理個個都咁樣。唔好卦你睇中間都冇人……

由熊熊合唱團小朋友演唱，有趣，可上網睇。

而純音樂的演奏平和寧靜，很適合睡前。

現代愛情

偶然聽到一首歌，歌名《現代愛情故事》，我先想一想古代歌頌的愛情是怎樣的？是「山無陵，天地合，乃敢與君絕。」是「問世間情是何物？直教生死相許。」

特別標明的「現代愛情」是怎樣的呢？潘偉源寫的歌詞勝在坦白：

「別離沒有對錯」、「現代說永遠已經很傻」，要分手就分吧，誰對誰錯有什麼好爭論的？原來如今以為愛情可以維繫到「海枯石爛」，不但不正常而且很傻。

「情盡時就要放過」、「厭棄了再不蹉跎」，這樣才「有機會再愛一個」。看似無情，卻不能否認這種決絕和撇脫，對大家造成的損害最小。歲月無情，青春有限，拖得愈久，損害愈大。

「願你可輕輕鬆鬆放低我，剩了些開心的追憶送走我」送走的一方已做好心理準備，被迫接受的一方是比較痛苦的，出於關心，希望他能夠輕輕鬆鬆把這段情放下，留下的是相愛時的開心回憶。

接受現實，勇於捨棄，不沉淪在失落的情緒中，迎接另一個美麗的未來，不怨不恨，當過去是美麗人生的一部分。如果這就是「現代」，也可視為進步。

暱稱

關係親密的人之間，往往捨正式的名字不叫，而另有表示親愛的稱呼，是之謂暱稱。

父母與幼年兒女之間差不多都有，一直叫到他們很大很大，也改不了口。

暱稱之來或由於外形，胖的叫肥肥，瘦的叫monkey；眼睛大的是大眼仔，眼睛小的是矇豬；頭髮硬的叫箭豬，頭髮捲的叫孿孿……或由於兄弟姐妹排行，細佬叫Dee Dee，妹妹叫細妹豬……或由於偶發的一件事，出生那天下雪就叫雪雪，打風就跟颶風的名字叫。

戀人之間的暱稱，花樣之多更勝嬰兒與父母之間。有些頗具普遍性，如寶貝、寶寶；有些抽取名字中一字，以疊字出之，如國棟稱棟棟，國強叫強強；有些以對方特點稱之，皮膚黑的是黑仔、黑妹，長得高的是長人、高佬。

嚴肅如魯迅也有暱稱，他寫給未來妻子許廣平的信自稱小白象；稱對方為乖姑和小刺蝟。都是出人意表的事。

古人除姓名、表字外，還有小名，看來也是父母暱稱。如曹操小名為阿瞞，劉禪小名為阿斗。因為劉禪無能雖有賢臣也幫不到他，有句諺語叫「扶不起的阿斗」，就是這意思。

豬仔
攣攣
乖乖
大眼仔
妹豬
肥肥
花花
二寶
黑仔
黃仔
夢夢
Dee Dee
棟棟
乖姑
小白象
濃濃

二手衫

有人訪問電影《淪落人》的導演陳小娟，她在本屆香港電影金像獎（2019 年）中，拿了一個最佳新晉導演獎。她談及自己小時家境清貧，要穿人家送的二手衫。她說如覺得好看便穿，不好看便不穿，並沒有不愉快的感覺。

說真的，時移世易，穿二手衫日趨普遍，不愉快的感覺隨之減輕。為什麼會這樣呢？

首先是環保意識的增進，惜物是一種美德。就像把吃剩的食物打包，大家已不覺得是小氣、沒面子，也不會給人看低。

穿二手衫從嬰兒期已開始，因為孩子長得快，很快便不合身，衣服像新的一樣。如有親朋新添了啤啤，而又不介意，就會把衣服送過去。一套嬰兒衣服，最多可以三個孩子穿。至於弟弟妹妹穿哥哥姐姐的衣服那就更不在話下。

如今物質豐富，每人都擁有許多套衣服，所以衣服不會穿得破舊，穿人家的衣服像新的一樣。女孩子喜歡試穿各種款式的衣服，穿別人的衣服，正好擴闊了選擇。因此會出現互換衣服的情況，更不會不愉快，反而成為愉快的事。

在同一個家庭裏，母女互穿對方的衣服也很普遍。中年的母親體態如保持得好，衣着品味又不老土，少年的女兒不抗拒穿媽媽的衣服，可讓自己看上去「大個女」。而母親同樣會穿女兒的衣服，T 恤牛仔褲，年齡界別相差不太大，母親穿上平添青春氣息。至於姐妹互換對方衣服穿，那就更平常了。

台下胡思

作為聽眾，坐在台下，並無心理負擔，聽有關人等，輪流上台發言，總會有點想法。

為什麼說自己身體有點不適？想大家原諒你的準備不足？對自己的演說信心不強？

為什麼說自己已經八十多或九十多了？不是用演說內容博掌聲而是用年齡？

為什麼身為西人要來一句華語「你好！」不爭氣的同胞為什麼立即拍手？咱們華人滿口流利英語，為什麼不見西人拍手？這裏面有沒有種族自卑感？

為什麼他的一些故事我耳熟能詳？因為聽了一次又一次。第一次感動過，第二次當溫習，第三次不再聽，第四次鄙視他。

為什麼總要借一些名人來抬高自己？是不是覺得自己個子矮？為什麼把人家客氣的話當成真的？還記得那麼清楚？

為什麼普通話説得那麼差？一般人説得好不好無所謂，但你的工作有需要，十多年都不花點時間去學習，是不是有點懶惰？

為什麼一説就停不了嘴？主人家沒告訴你致詞別超過幾分鐘？你已拖慢整個活動程序。你以為你說的都是字字珠璣，大家會獲益匪淺？或是你發表高見的機會太少了，有機會便收不了掣？

為什麼你説的都是例牌話，所有的場合都「適合」，因此全無新意，也就無人留意。

為什麼你的聲音這麼小？根本聽不到你説什麼？台下聲音愈來愈嘈你聽不到？

原諒我胡思亂想，而且全是負面。

秘密基地

香港一家出版社舉行寫作比賽，分中小學生和教師組，題目是《我的秘密基地》，我是評審之一。評完覺得其實每個人都需要一處秘密基地，讓他可以獨處，在那裏思考、養傷、哭泣、檢討或自得其樂……不受外界滋擾。而香港地狹人稠，要有這樣的一個場所殊不容易。

看參賽者的文章，秘密基地竟要遁入夢中、書本中，即使曾經是某棵大樹之下，如今也已被斬伐，消失無蹤。

有位朋友工作繁忙，假日應酬亦多，常恨此身非他有，於是硬性規定自己，每個月一定留半天給自己，他連手機也不帶，去一處偏僻的海邊釣魚。在那裏他訓練自己完全不想業務的事，也放下家庭的煩惱。起初不容易做到，後來漸漸習慣了。他不追求什麼靈感和頓悟，只求腦子有徹底的休息。他説同行中不少人因緊張出現精神問題，他始終能保持冷靜理智。

另一位也是大忙人，每天只有五六小時睡眠。他是佛教徒，他的秘密基地在一間寺院，每年他抽十天半月去短期出家。吃齋唸佛做功課，把心完全靜下來，每天打坐加睡覺，出山時面色紅潤，像充過電。

一位作家朋友每天要寫兩千字，在家總是寫不出，因為家裏有老有小人口繁多。後來他尋得一間小咖啡室，每天有段時間生意清淡，他就利用這時間進去寫稿。一杯咖啡陪他兩小時，離開的時候已經完成工作。

溫哥華有位朋友更奇妙，每天獨自一人去一間茶樓，坐同一位置。一壺茶陪他兩三小時。經過的人都看見他，他的秘密基地在心裏。

證明沒關係

朋友傳來一段有趣的話：

武則天證明：成功和男女沒關係；

姜子牙證明：成功和年齡沒關係；

朱元璋證明：成功和出身沒關係；

鄧小平證明：成功和身高沒關係；

馬雲證明：成功和長相沒關係；

李嘉誠證明：成功和文憑沒關係；

羅斯福證明：成功和身體沒關係；

比爾蓋茨證明：成功和學歷沒關係；

事實證明：你不努力一切都跟你沒關係。

這文字遊戲還可以繼續玩下去：

金正恩證明：成功嚇人和國家大小沒關係；

特朗普證明：成功和精神狀態沒關係……

其實這些「證明」都證明了「有」關係，因為所舉都是特例。而在大部分情況下，結果不是這樣。

即使在男女平等的今天，男女成功人士的比例仍有很大的相差。後生永遠可畏，「老」和「朽」經常連在一起。漂亮的人永遠佔便宜，台灣前總統，加拿大今總理都是現成的例。你想在職場找一份理想的工，看你沒文憑、學歷，敲不敲得開門？

有所欠缺的人要獲得成功，比別人要花若干倍的努力。若說有好處，就是他們知道無僥倖可言，只有拚命向前。

怎麼知道你老了

自己知道自己老了不太難，難的是服老。頭髮稀疏了，眉毛也白了，眼袋大了，牙齒掉了，眼睛矇了，還時而流淚水，背脊彎了，手顫抖了，怕上樓梯了，對旅行無興趣了（因為吃力），記性不好了，都是老的鐵證，這是自己知道的。

但怎知道在別人眼中，自己已經是相當老的呢？下面是幾個現象：

一是你踏上公車之後，本來佔着座位的年輕人，紛紛站起來讓座。那你也別客氣了，說聲謝謝就坐下吧，免得站不穩出洋相。

二是雖然你是女性，卻有人問你高壽，那是認為你已老得不怕承認，甚至以高齡為榮。他們在你報上年齡之後，如果裝作不信，說你怎麼看也不像，那麼你在八十歲以下。如果稱讚你是如此的健康，請教你長壽之道，那麼你已年過九十了。

三是你身為男性，卻有年輕或中年女子邀請你合照，合照本平常，她們卻親熱地繞着你的臂彎，像情侶一樣。她們不怕當着男友或丈夫的面這樣做，也不怕放上臉書。為什麼？因為你已經老得沒了殺傷力，最無良的狗仔隊也作不出故仔。

四是有一批售貨員當你透明，包括爬山滑雪用品店、新潮服裝店、新娘禮服店（現代女性不會參考老人家意見）、IT 產品店（估計你已無法運作）……你只能是中藥店、行動輔助器材店、助聽器中心的貴客。

八耐舜子細味人生

朋友傳來八耐舜子四十幅漫畫，看時不時微笑。覺得他對人生別有會心，幽默、溫和、帶點苦味。因為喜歡，就上 Google 查查他的「底」。

八耐舜子，真名洪岳舜，台灣漫畫網紅，粉絲七十萬。他哥哥從事賽車事業，其中一項賽事是「八小時耐久賽」，簡稱「八耐」，加上他自己的小名「舜子」，組成現在的筆名。

未成漫畫網紅之前，他是電視購物台的打雜，領取基本工資。他説那時工作的樂趣是看模特兒穿着內衣走來走去。2013 年他有了自己的 blog，把漫畫放上去三個月就有了十萬粉絲。

他的漫畫畫面簡單，趣味在文字。下面介紹幾則：

年輕人問老人家：你們這一代的感情可以維繫六十年，原因何在？

老人家回答：我們這一代東西壞了會拿去修，你們這一代只會換一個。(阿濃問：你的手機是第幾部？)

少年問父親：什麼是「女朋友」？

父親說：如果你長大後是個好男孩，你會有一個。

少年：如果我不是好男孩呢？

父親：你會得到很多個。(阿濃說：煩惱之源。)

以前的人日記被偷看很生氣。

現在的人把生活記事全放網上，

沒有人看會很生氣。

你知道憤怒的女友和恐怖分子有什麼不同？

恐怖分子可以談判。

班級裏第一名和第二名一般是敵人。

但倒數第一和第二基本上是朋友。(阿濃說：同病相憐。)

都是帶着點心事

網上聽一位叫小鵬的做脱口秀，很好笑，但笑中帶淚。他説人到了一定歲數，都是帶點心事，有難言的痛，心裏藏着疲憊和委屈。深有同感。

對於一些無奈的事，他提供了應對之道。

他説別在意別人對你的看法，否則你就會像一條褲衩（內褲）：別人放什麼屁你都得接着。

他説不要跟二百五（傻蛋兼倔強）爭輸贏，你幹不過他，因為他會把你的智商，拉到跟他一個水平。然後用他當了多年二百五的經驗打垮你。

他説老實人挺可憐，找不到理想對象才找老實人嫁，苦活、賴活都留給老實人，幹得好無人感謝，幹不好就得捱罵。忍不住爆發了，人家會説：這人平常看來老實，沒想到脾氣這麼差。

他說人家看不起你窮，看不慣你富。你活得比他好，他心裏像有火炭燒；你活得沒他好，他偷偷的高興得不得了。

他說人的弱點就是捨不得一段不再精彩的感情，捨不得一份虛榮，捨不得台下的掌聲。

怎樣面對這些？幹好自己的事，做好自己的人，走好自己的路。別以為好日子還長，在我們心軟和缺乏勇氣時，最好的日子已毫不留情的失去了。

尷尬事學會微笑面對，氣惱事學會忘記，煩惱事學會放下，痛苦事學會堅強。

所有問題的解決都是時間問題，一切的煩惱可能都是自尋煩惱。

這最後一句我體會最深，古人的俠，古人的義，往往影響我們一時的慷慨肩起別人的擔子，結果吃力不討好時，得來的不是感謝而是埋怨。

信札不再

自有手機後，手寫的實體信件幾乎絕跡。收藏名人信札的藏家很難有新的藏品，但舊的藏品相信會行情看漲。

「魚雁常通」表示常有書信來往，古詩《飲馬長城窟行》中有：「客從遠方來，遺我雙鯉魚，呼兒烹鯉魚，中有尺素書。」漢蘇武被扣匈奴，漢使者偽稱收到蘇武雁足傳書，蘇武得以歸漢。如今傳信不再靠動物（包括信鴿），不再靠綠衣使者，無遠不至的大氣電波在不到一秒的瞬間，把綿綿情話或政客謊言傳遍世界。

因此我們感受不到杜甫的「烽火連三月，家書抵萬金」，「寄書常不達，況乃未休兵」。岑參也不用「馬上相逢無紙筆，憑君傳語報平安」，有微信或 WhatsApp 搞掂。

可惜的是我們再看不到魯迅在《兩地書》中對許廣

平說：

我寄你的信，總喜歡送到郵局，不喜歡放在街邊綠色鐵筒內，我總疑心那裏是要慢一點的，然而也不喜歡託人帶出去，於是我就慢慢的走出去，說是散步，信收在衣袋內，明知被人知道也不要緊，但這些事自然而然似覺含有秘密性似的。

也看不到徐志摩在《愛眉小札》對陸小曼說：

我寫日記的時候我的意緒益發蠶絲似的繞着你，我筆下多寫一個眉字，我口裏低呼一聲我的愛，我的心為你多跳了一下。

也看不到多年前我與讀者實體信往來的結集《紙短情長》了。

説説而已

古代文人對現實生活不滿時，就想逃遁，方法之一，是坐隻小船離開。

蘇軾在《臨江仙》中說「小舟從此逝，江海寄餘生。」當時蘇軾被貶至此，詞傳出後，地方官怕走失了罪人，第二天早上立即去查看，卻聽到東坡鼻息如雷，還未起牀。

説真的，東坡坐隻小船能到哪裏去？靠什麼為生，也不過説説而已。

還有我們詩仙李白，在謝朓樓上寫了首詩也説：「抽刀斷水水更流，舉杯銷愁愁更愁，人生在世不稱意，明朝散髮弄扁舟。」詩人難道能捕魚為生？

作此打算的第一人你道是誰？有可能是孔老先生。《論語・公冶長》中，子曰：「道不行，乘桴浮於海。」

他還說：「從我者，其由與。」「由」指子路，子路聽了當然高興。孔子卻說，你真是夠積極勇敢的，可我還不知從哪裏找到做木筏的材料呢。可見孔老先生也只是說說而已。

歷史上真能泛舟歸隱的恐怕只得范蠡，如果你信《越絕書》所載是真的話。「西施亡吳國後，復歸范蠡，同泛五湖而去。」西施完成了滅吳任務，回到愛人身邊，這位愛人不但政治上了得，也是一位商業奇才。從官場下海經商，改名陶朱公，成為鉅富。然後才有資本與美人一同歸隱，過其神仙生活。

所以嘛，只會拿筆的文人，只能在想像中「弄扁舟」，要學會打算盤，才能真正逍遙海上也。

「中二病」不是中二的學生才會犯，
大學二年級生仍然犯着中二病，
才是最大的悲哀。

意料之外的表現

人生與鏡

朋友傳來小哲理，覺得有意思，發揮一下：

少年需要望遠鏡，看遠人生。少年時代的弱點是渾渾噩噩，很少人去想：做人為的是什麼？其實一個人立志要早，早五年立志，努力的時間多五年；早十年立志，努力的時間多十年。成功的機會大增。立志宜高遠，別妄自菲薄，將相本無種，人人要自強。志氣高遠，即使有所消磨，還能得乎中，如果一開始就鼠目寸光，這一生也就廢了。

青年需要放大鏡，看細人生。青年時代，感情澎湃，活力充沛，人與事紛至沓來，應接不暇。這階段如能細細體驗，好好思考，所獲必勝於旁人。可惜青年人大多感情用事，很少深思熟慮，就容易犯錯，經驗也少了積累。

中年需要顯微鏡，看透人生。中年了，經歷已多，嘗盡酸甜苦辣，飽經喜怒哀樂，對人性、人事應從不解、迷惘走向覺悟、理解。如在顯微鏡下看到它深層次的結構和真實的面貌。不再憤怒、怨憤、慨歎，知道人生就是如此。

老年需要太陽鏡，看淡人生。名也，利也，都是過眼雲煙，土地千頃，睡的還是一張六尺牀，要緊的是睡得着。家財百億，愛吃的還是幾個小菜，要緊的還是有胃口。爭什麼？時間到了，什麼也帶不走。緊張什麼？十年後回首才知多荒謬。

暮年需要哈哈鏡，看自己平生做了多少可笑的事？多少心事白費了，多少氣力白花了，多少眼淚白流了？而從鏡中看芸芸眾生，正互相折騰，哈哈哈哈哈哈哈！

戀愛素人

我知道有一類繪畫作品被稱為「素人畫」，由「素人」畫家創作而成。所謂「素人」是指沒有經過學習，一向不是這個行業的人。他們的作品，完全不受成規約束，是一種天賦才能的表達，其技法和面貌都使人覺得有強烈的個人特色，且樸實、新鮮，帶點笨拙。

原來未從事過政治活動，學術背景也不是讀政治的，可以算是「政治素人」。美國新任總統特朗普（2017 年就任）是其中之一。因為是「素人」，競選就不按一般的牌理出牌，就博得想有「新鮮人」上台的選民的支持。

看來許多事情都有「素人」，包括「戀愛素人」。太年輕不算，起碼得有三十歲，第一次談戀愛，他會怎樣呢？

這麼大才第一次談戀愛，一定屬於某種「呆子」，如書呆子、科學怪人、小老頭子……忽然墮入情網，那可是一件了不得的事。他表現的情很容易流於癡。他會以為他愛人，人家一定愛他。他會表現得直接、急進，往往嚇走了人家。他的追求方法非同一般，對方一開口，那怕是一句玩笑話，他也當真去做。譬如女孩子說：「我想看到你剃光頭的樣子。」下次他就剃光了出現在女孩面前，使她啼笑皆非。

文學人

我對人有特殊的分類，包括生意人、政治人、運動人、表演人、耕種人、機械人、科學人等等，其中一種是文學人。

文學人具備許多特質，但不一定要出版過著作。

他經過書店腳步自然會走進去，熟悉地去到文學類書架，翻看有什麼文學新著。至少有一半機會買了書才走。所以書店職員認識他這個熟客。他家至少有一千冊書，其中大部分是文學類。古典文學中的《紅樓夢》、《三國演義》、《水滸傳》、《西遊記》、《唐詩三百首》，現代文學中的魯迅、沈從文、徐志摩的作品，當代的余光中、莫言、西西等的著作在他書架上都可找到。

他會背若干舊詩，包括很長的《長恨歌》、《琵琶行》，每個節令他都可以唸出詩詞來配合。中秋他背「明月幾時有」，重陽他背「每逢佳節倍思親」。

他認識幾位作家朋友，也參加他們的活動，講座、朗誦會、新書發佈會。

他在臉書上認識了一批愛好文學的朋友，對人家的作品互相讚好。

他尤其是穿得很雅致。

記得那一刻

懷念故友時，不論他是在生的故人，還是已作古的故人，總有某個畫面出現，留下他在你記憶中的某一刻。

像大型電視綜合節目策劃人和監製黃孝廉，我記得某日在一間茶樓碰見他，正陪着一位精瘦的老太太出來，那是他的母親，他差不多每天都帶她上茶樓，他的孝順是出了名的。

像小提琴家吳天助，我記得只要我往一間叫花園酒家的茶樓飲茶，一定可以看到他獨自一人在固定的位子上，面前一壺茶一份報紙。

像作家、相學家林真，我記得在香港一茶樓一桌的人圍着他，都是文化界。據說每次都由他做東，小孟嘗的格局。

像資深傳媒人、金曲傳播者黃志強，那次在一個茶座上介紹南音，大家陶醉在他介紹的樂聲中，只他一人站着娓娓道來。

像書畫家黎沃文贈送畫冊給我時，用毛筆簽名，那手字瀟灑靈動，賞心悅目。

像粵劇界前輩黃滔一百歲時仍獨自演出《再進沈園》的陸游時，那份活力和自信。

幫閒角色

角色分「幫忙」和「幫閒」,「幫忙」正面,「幫閒」負面。負面在所幫非正事,跟在主角後面湊湊趣,擦擦鞋,跑跑腿,壯壯聲勢,有時也出點壞主意。一個已不流行的名詞稱之為「傍友」。

發現電視上也出現「幫閒」角色,多數是烹飪節目。不知是不是藝員過剩,主持烹飪節目從一人至兩人已足夠,如果節目出現多過兩人在場,多出來的便是「幫閒」,因為他們根本幫不上「忙」。

我對這種角色很同情,因為要把一個多餘的角色演好是高難度。電視所見他們已很盡力。

如是女藝員,在服裝方面一定要養眼,下面是短裙、短褲、高跟鞋,上面是新名詞:「一帶一露」。

男藝員最好是扮蠢,雞手鴨腳,問一些白癡問題被主持人搶白，製造一點笑料。

其他能做的無非是七嘴八舌顯得節目有氣氛，到最後做一個表情誇獎成品味道好。

被派擔任可有可無的角色，實是無奈的事。像周星馳能從兒童節目掙扎出來，不是單靠努力，還得看機遇。編導對你無安排，你始終是閒角。《西遊記》中的沙僧，吳承恩除了讓他在歸順那一回做了主角外，其他九十九回他基本上只是一挑夫。

經過九九八十一難，取經後沙僧也成正果，但以人生的精彩度來說，他白走了這一遭（對自己有要求的人來說）。有志於演藝的朋友，會珍惜每次出鏡的機會，長期幫閒倒不如另謀出路。

劣質表現

教育孩子，注意別養成一種劣質表現，便是諉過於人。

一兩歲的幼兒跌痛了，或是給家具碰痛了，開始哭。做祖父母的立即安撫他，拍打地面或家具說：「打死它！弄痛寶寶！」孩子自小便學會把過失推給他人，而不去檢討自己的錯。本來地面什麼都沒做，桌子椅子原來就在那裏，是寶寶你自己跑得太快，是你沒看清楚環境，跌痛碰痛是你自己不小心，以後記得要避免，而不是去怪責他人他物。

更有「偉大」的祖父母，孩子打爛了東西，害怕被父母責罰，在那裏哭。老人家竟然說：「寶寶別哭，是爺爺／嫲嫲打爛的，一會兒會跟你爸爸／媽媽說。」竟然教孩子說謊，把過錯推給別人。

在這樣的教育下，孩子不論做錯什麼，首先便是想辦法把過失推給別人。包括推給未識講話的弟妹，不會為自己申辯的貓狗。或是捏造一個不存在的路人。

到孩子成了大人，工作上難免犯錯，那卸責的積習也不會改變。最簡單是推給下屬，讓他們食死貓做替死鬼。

到做官從政了，推卸責任更容易，一切失敗原因都由於政敵。那時毋須你獨自去推，不但有同黨同僚幫你推，如果你是執政黨團，整個政府各機構會合力幫你推。由罪魁變苦主。

到你身為大國元首，要推卸責任比小孩子還要容易，那怕犯了極大的錯，領導無方，判斷錯誤，累及民眾以百萬計，死亡數目世界第一，也無礙於他把黑鍋推給別人。宣傳機器全力推動，更有處境相同的國際失敗者與之聯手，表演集體的卸膊舞。

老婆特質

朋友傳來一則有趣分析，包括老婆和老公的最危險特質，頗符實情。今天先介紹老婆這方面。

聽：一半。

理解：四分一。

思考：零。

反應：雙倍。

記憶力：百分之一百。

試詳述之：一般老婆對丈夫的話都不大留意，能聽一半已經不少了。丈夫說的時候，她們心裏正想着別的事，偶然聽到一兩句似乎有問題的話，才開始聽，然後開始問。前面的話丈夫是白說了。

由於聽不全，對丈夫又充滿成見，所以只按她的想法去理解，最多也就四分一罷了。

也就由於成見，她認為丈夫所說不外乎廢話、偏見、牢騷、狡辯……因此毋須當一回事。之前已經聽無數次了，不會有新意，還有什麼值得思考的？

可是當發覺丈夫話中似有別意，甚至隱藏陰謀時，那反應就大了。她不會忍耐，不會容忍，立時來個強烈反擊，像刺蝟般全身的刺都豎起。這包括丈夫拿她跟任何其他女人比較（要她向人家學習）；包括孩子學業、品格有問題，她要負較大責任；包括對公婆的態度需要改善，別使他難做……反擊的主要內容是算舊賬，這時丈夫就得佩服老婆的記憶力是多麼好了。

她會記得他以前對她是多麼好，但一切都是假的。自從結婚後，真面目暴露，某年某日如何欺負她，某時某地如何對她不忠，哪一年忘記了她的生日，哪一年忘記結婚周年紀念……不是都解決了嗎？原來都記在賬上。

老公特質

昨天談「老婆特質」，為求公道，今天談「老公特質」。

據那篇帶打趣意味的分析，老公具危險性的特質，包括：

聽：全不入耳。

理解：全部。

思考：雙重。

反應：獨一。

記憶：零。

也來分析一下：

對老婆的話全不入耳，正如吾友何君一說再說，老婆是「哦」國人。日哦夜哦，已聽過數十百遍，所以再不會在意。但對老婆的話早已全部理解，因為主題一直沒變過，一是怪他蠢，凡賺錢的事都不會做，或做得不夠手段，所以輸給人家了。二是怪他笨，幫朋友結果損害了自己，講良心結果做了傻仔。三是要他認老，別以為自己對異性還有吸引力，當心受騙。

至於思考，倒是反覆思考過的：自己真的蠢和笨嗎？如果自己又聰明又精明，今天或許富貴了，但是快樂嗎？至於認老，把自己當行將就木的老人，活得還有意思嗎？

對老婆這種重複千百遍的譏嘲，除了聽而不聞，一笑置之，還能有什麼選擇？只要不反駁，耳根終會清靜。

這些傷害自尊、影響情緒的話，記在心裏有什麼好處，最好的應對方法是忘得一乾二淨，讓人生還有點樂趣。

這樣的特質對老婆是危險的，因為他唯唯諾諾，嘴裏不說，心中卻完全否定。這個男人失控了。

賣弄風情

「賣弄風情」似是個貶義詞，問題不在「風情」而在「賣弄」。

你知道什麼是風情嗎？生得端正是基礎。加上美目盼兮，眼睛會說話；嘴角笑意盈盈，笑聲爽朗，語言親切。性格開放，不做作而姿態優美。

怎樣會變成「賣弄」呢？這就是「度」的問題了。一過度就會被譏為賣弄。

過度之一是時時刻刻自以為有風情，「天生麗質難自棄」，覺得眾人目光都在自己身上，所有鏡頭都對準自己，於是怎樣說話、怎樣笑、怎樣舉手投足都表演化了。

過度之二是不論對象，相熟的、初見的，都像老朋友般言笑無禁，「細聲講，大聲笑」，引人側目。

過度之三是動作隨便，例如拍照時跟不相熟的人也依偎得緊，撓手攬腰貼面，表現親熱，以為對方會十分受用。

過度之四是借酒行「凶」，宴席間豪飲一番，乘微醺狀態，去撩撥異性。如對方是同類人，便放浪形骸，百無禁忌。又會找一些怕羞的純樸後生，跟他故作親熱，使他尷尬，引發笑聲。

有此四項，難怪眾人有「賣弄風情」的劣評了。

悲觀和達觀

悲觀和達觀，看上去是兩個相反的生活態度，有時候卻會混淆。

譬如有人經常談及死亡，說自己隨時可去。那是悲觀還是達觀呢？

這要看他說過之後的行事。如果他仍積極投入工作，歡歡喜喜的做。仍樂於助人，排難解紛。仍有較長遠的計劃，為未來打算。那麼他是達觀的。如果他事事消極，愁眉苦臉，連吃飯都無胃口。所有對健康有好處的事都不做，所有有難處的事都放棄，那麼他是悲觀的。

譬如有人經常談及人心難測，嘴上說得好聽，未必值得信任，對此他已經看化，那是悲觀還是達觀呢？

這也要看他說過之後的對人態度。如果他依然樂於助人，不計回報。仍然肯相信別人，與人合作。仍然肯扶掖後進，無保留地培養下一代。說明他的心未死，對人心仍有期望，那麼他是達觀的。如果他形同自閉，拒絕交誼。被人稱為「獨家村」。對所有工作夥伴都存戒心，別人對他好是另有目的。同事工作積極是想取他的位置而代之。同事跟老闆多談幾句是打他的小報告。那麼他是悲觀的。

譬如談及兒女，許多人都會說：「兒孫自有兒孫福，莫為兒孫作馬牛。」這是悲觀還是達觀呢？

如果他仍然盡力讓他們接受高等教育，注意培養他們的志向和人格，那麼他是積極、達觀的。如果他在處理資產時，對家人小心防範，處處設限，那麼他是悲觀的。

我們有時會把人看錯

我們有時會把人看錯，對一個人估計過高或過低，到發現時因意外而吃驚。本文只在估計過低方面舉些例。

他對女性「口花花」，從沒正經，打扮得像個 play boy，一副浪蕩相。沒有人知道他自二十四歲初戀失敗後，從沒對其他女性動過心。到過他家的都會看到壁間一張大照片，同一個女子，二十年來沒變過。

他做事不大盡責，有機會便偷懶，所以服務的年資雖長，卻沒有晉升機會。在大家眼中，此人一無是處。但在父母眼中他是孝順仔。兩老都有頗嚴重的殘疾，生活起居全靠他一人照顧。他全無怨言，連拖也不拍。

他以吝嗇見稱，同事間要花錢的活動，他總是推沒空。一對皮鞋穿幾年，中午吃的是自備午餐盒。極少人知道他領養了八個落後地區的孤兒，薪水的一半拿去奉獻。

她不施脂粉，素面見人，大家以為她對化妝品這回事一定不感興趣，大大落後於時代了。其實她是某牌子化妝品的首席化妝師。

他有「順德人」之稱，好好先生一個。譬如選擇酒樓，旅遊目的地之類，他從不堅持己見。只有一些老同事，才知道他做事有底線，違背了他的做人原則，他也不爭，只是以各種藉口，拒絕參加。

原來有一種生存之道是借「殼」做人，你看到的他並非真我，要等一個時機，才會原形畢露。

生活中的懶

許多學習用功、工作勤奮的人，生活中卻有各種各樣的懶。

王先生一週工作六天，每天上午八時便第一個回到公司，晚上八時才回家。工作二十年沒有請過一天病假。服務十年後第一次獲得勤工獎，之後十年每年都能拿到此項獎勵。

公司有醫療福利，包括牙齒保健。王先生牙痛多日，終於利用星期六假期去看牙醫。醫生檢查之後對他說：「你太懶了，沒有好好刷牙，有嚴重的牙周病，還有四隻蛀牙要補。」

阿拔是個插圖家，每週七天都在忙，尤其在每年書展前兩三個月，每天只睡四五個小時，連上街吃飯的時間也沒有，只是隨便打電話叫外賣。媽媽的生日也忘記了，沒有請她吃飯，沒有送禮物，連電話恭祝也沒有。

媽媽終於找上門了，見他鬍子沒剃，頭髮如亂草，到處亂七八糟，二話不說，就幫他收拾起來。

阿拔工作時聽到洗衣機開動的聲音，聽到浴室洗刷的聲音……最後聽到母親罵他的聲音：「未見過這麼懶的人！你多久沒洗過衣服了？髒襪子都有十八對！你那廁盆生了漬，比公廁還不如！」

生命中兩個我

聽蔣勛說紅樓，他說《紅樓夢》中許多角色都成雙成對，有賈（假）寶玉就有甄（真）寶玉；有黛玉，就有黛玉二號晴雯；有寶釵，就有寶釵二號襲人。

他說其實我們也不止一個我，一個是眾人看見的你，用功讀書，努力工作，事業有成，名成利就。卻不知道還有一個收藏得很隱蔽的你。

外面的你，很積極，別人眼中的工作狂。裏面的你其實盼望五十歲便退休，到時什麼都不做。

外面的你，很隨和，凡事忍讓不計較。裏面的你，早下定決心跟對方割席，從此各走各路。這世界，人很多，路也不止一條，要避開一個人，難度並不高。

外面的他，很古板，不苟言笑。某一天他喝醉了，忽然嬌嬌嬈嬈地扮起花旦來，那放蕩的樣子出乎所有人意料。

外面的他，冷靜、理智、信心強，臉上常帶笑。忽然有一天，他燒炭死了，誰知道他平日內心怎樣想？

外面的她，對獨身生活很享受，所有追求她的男子都吃了閉門羹。誰知道她暗戀一個男子超過十年，而對方竟然不知道。

外面的她是開心果，誰不開心只要找她，總有辦法讓他放下心中鬱悶。有誰知道她獨自一人時，會無端傷心地哭起來。

這樣的我中還有另一個我，他們自己其實都知道。他們覺得那隱藏的一個，才是他的真我，而人前的我只是一種扮演。那隱藏的我，可能會躲起來哭，但哭是一種釋放。那隱藏的我甚至會自毀，但他覺得是解脫。

愛在其中

認識兩對夫妻，男的都是再娶，也因此妻子比較年輕。對不相識的人來説，初次見他們，對他們的關係不敢確定，因為不知女方是妻子還是女兒。相信他們也曾面對尷尬處境。

近日發現變化在悄悄進行中，那女的一方在打扮上「加齡」。一般女士喜歡穿比自己年紀輕的衣服，確能取得「減齡」效果，使五十歲的看上去像四十歲，獲得不少讚美。這兩位卻在扮老，選的是大一代的衣服。一般女士如出現白髮，會將它染黑。她們卻讓它保持灰白。我猜想的理由只有一個:就是要拉近與丈夫年齡的距離。

還有進一步的發現，就是她們在姿態上竟也向丈夫看齊。人老了，坐姿、站姿、步姿會不自覺的改變。以她們的年齡，遠未到達這樣的境地。可是她們做到了，尤其在拍照時，有明顯的相似，卻使我一下子認不出她們來。

我不能不驚歎愛的偉大，女士愛美是天性，逛商場會發現有一半商品為她們扮靚而設。光是「藥房」的化妝品部，就有半條街長。她們經得起扮靚的誘惑，絕不是為減少自己的尷尬，而是想讓丈夫好過點。

男士因為不化妝，不想戴假髮，老態特別顯眼，跟妻子的顏差愈拉愈長。體貼的妻子讓自己扮老，是多麼難得的一種溫柔！

或許妻子幫丈夫扮年輕是更好的扯平方法，可惜肯合作的丈夫不多。妻子沒有把自己的苦心說破，粗心大意的男人很多都懵然不知。

引淚點

看電視新聞或人物訪問錄像，每見受訪者在被問及一個問題時，忽然情緒失控，聲音哽咽甚至無語，此時也，攝影師不會錯過時機，立刻來一個大特寫，看到此人淚珠在眼眶裏打滾。愈是大人物，愈是平日大家心目中的硬漢，鏡頭愈是動人。這使人突然下淚的觸發點，我們稱之為「引淚點」。

有人的淚點低，容易哭，被人譏為「喊包」。有人很難要他哭，可能成年後就沒有哭過，這樣的人鐵石心腸，碰上這樣的法官想輕判也難。

最普遍的「引淚點」該是委屈，一個人想到被不公平對待，好人當賊辦；或是一心為兒女着想，他們不但不領情，還惡言相向；或是深愛一個人，卻無端受到他的責罵，態度冷酷……一提及這些情況，眼淚就忍不住來了。

另一個「引淚點」是親情，許多人在父母亡故後會記得他們的恩情，但已回報無門，後悔莫及，當談及此點時，就會熱淚難忍。

還有一個是凡夫俗子不會有，而騷人墨客卻有同感的，如王羲之在《蘭亭集序》中所言：「修短隨化，終期於盡」，一想到生命無常就「豈不痛哉」了。

認真先生

報社編輯部，副刊編輯正向新任助理編輯交代編版的事。

他說，這位老先生是最難服侍的一位，他德高望重，稿齡比任何人都長。他開始寫稿的時候，你肯定還未出生。

他最大的長處，也是最麻煩的地方就是認真。他的稿件基本上毋須作任何修改，但老虎也會瞌眼瞓，間中會出現明顯的筆誤。作為編輯千萬別自作主張幫他改了。一定要詢問過他，得他同意，才可以改。有編輯自以為是，幫他改了一個字，不幸卻改錯了。他立即大發雷霆，打電話給總編輯抗議，還以停寫作要脅。

有某大出版社，想出版一套名家散文選，向他約稿，他的第一個條件便是不得改動一個字。結果整套書以高質素出版了，就欠他一個。他的要求看來自大，但他的自信和自尊還是值得敬重的。

他說，他的稿收到之後，不必忙着發，要等最後截稿時間，因為他總是修改完又修改，往往傳來許多次。

他們邊說邊看着電腦熒幕，果然看到老先生又有新稿，要求修改一處標點。

這邊報社編輯在討論他，那邊他在家正準備去參加一個宴會。他傳出剛修改完的一篇稿就想出門，他太太說：「瞧你鬍子也沒剃！」

「是但啦！誰會留意？」

他打開門想出去，又聽太太說：「喂，你的襪子不同色！」

「管他呢！」人已走了出去。

誰的文章？

下面是一篇隨筆，文字極佳，題目是《吳語》，讀完請猜猜是誰人作品？

吳儂軟語，傾藉一時，蓋柔轉如環，令人意消也。然男子作之不方且俗，即女子其喉音粗者，則其語不純。坊間類操吳語，其實真蘇產亦少。娟姐語予，嘗去蘇州，有張七小姐者，此真妙絕塵寰矣，使腔宛好如玉盤珠走，而其發音尤天賦清越，迥異尋常；固毋須其軟語生風，即謦欬微聞，已足令神魂飛越，且不特語妙已也。其秋波，其皓腕，其檀口，其櫻唇，並周旋流轉，若合節奏，宜嗔宜喜，此之謂矣。所謂國色者，允宜擅此，俗夫但識檢貌，抑未喻也。

文章寫的是吳儂軟語蘇州話的好聽，但不是人人能說，男人，女人而喉底粗的都難說得好。文章突出介紹了一位表演藝人張七小姐，腔調宛轉，發音清越，不但話說得好聽，那怕是輕輕咳嗽，也覺動人。她美麗的眼呀，手呀，口呀，都跟音樂節奏配合。不論她生氣還是歡喜的樣子，都一樣好看。

如此流暢雅馴的文言文，你會不會猜是古人所作呢？揭曉：原來作者是寫新詩的民國徐志摩。讓我們猜不到的不止是文體，還有題材。在我們印象中，志摩寫愛情詩，寫遊記，從事新文學理論研究，怎麼忽然以明清小品方式寫起筆記小説類的見聞錄來？

我也讀過魯迅的文言作品，覺得他的文言文寫得比白話更暢達易明。那年代的作家文白都難不到他們，當代如何？

星星

疫症期間，在家執拾舊物，得剪報一疊，原發表於某港報專欄，已是二十六年前舊作，大多談論時事，已屬明日黃花，唯其中一篇，竟屬散文詩體，並未收入任何集子，讀來覺得不錯，不想埋沒，讓它重見天日。

《星星和雲》

星星看我，我看星星，兩皆不厭。

我跟它們打眼色，它們也跟我打眼色，心照不宣。

有早到的星星，暮色才起，它們已出現，我跟它們説哈囉：你們是先來準備演出場地的工作人員，還是心急早來的觀眾？

有遲走的星星，天色已明，它們仍戀戀不捨，睜着瞌睡的眼睛。是離不開底下的世界，還是放不下身邊的伴侶？

最華麗的還是燦爛的星海，層層疊疊，無邊無際，看得人目眩神馳。

流星是頑皮的孩子，呆不住要這裏去那裏去，疾如箭矢，在夜空留下它們的軌跡，但轉瞬無跡可尋。流星而成雨，更屬壯觀，可惜人生難得幾回見。

雲是最偉大的抽象藝術，千變萬化，莫測高深。

雲要多白有多白，白得耀眼；雲要多黑有多黑，黑得神秘莫測；雲要多平靜有多平靜，可以老半天紋絲不動；雲要多活躍有多活躍，洶湧更勝黃河波濤。雲要是帶有電光，發作起來，響得山鳴谷應。

雲與山為伴，山在虛無飄渺間；雲臨水照影，飄然願逐雲水遊。

雲黃昏時興致最好，多彩的衣衫燦爛遠超想像。「只愛夕陽無限好，何須惆悵近黃昏。」是所有老人家的座右銘。

鞦韆

那天在公園看書，一班孩子在盪鞦韆，笑聲、呼喊聲響徹四周。可是個多小時後，他們走得乾乾淨淨。

看着空垂的鞦韆，我寫了一首小詩，用的是擬人法（詩及圖見《獻禮》158-159頁，突破出版社）：

孩子們都回家了

鞦韆寂寞着

一個個細味

鐵索上小手留下的餘溫

鞦韆有情，愛孩子跟它們玩。孩子走了，它們寂寞，只能細細體味小手在它們身上留下的餘溫。

自覺這寥寥幾句，有想像力，有感情，有童趣。

今日讀南宋大詞人吳文英詞《風入松》中有句云：

西園日日掃林亭。依舊賞新晴。黃蜂頻撲鞦韆索，有當時、纖手香凝。

立時覺得我跟古人在鞦韆上有了巧合。他有想像力，有感情，有遐思。他看到黃蜂頻頻撲向鞦韆索，就想到當日看她盪鞦韆，把手上的香味留在索上了。這在現實中當然沒有可能，所以詞評家譚獻稱之為「癡語」、「深語」。

我跟吳文英的分別是：我的是兒童詩，他的是愛情詩。

詩人少吟家庭

今天是卑詩省家庭日，有多少家庭重視此節日，過溫馨快樂的一天，缺乏統計。但少見「家庭日」的消費廣告，說明大眾的重視還是不夠。

國人重視家庭，把「齊家」置於「治國」之前，家不能「齊」，怎能相信他有本事治國！

但本國的詩人們對家似乎無感，一本《唐詩三百首》，只《遊子吟》寫母子情，跟「家庭」還可拉上一點關係。

沒有選進《唐詩三百首》的杜甫的《江村》：

清江一曲抱村流，長夏江村事事幽。

自去自來樑上燕，相親相近水中鷗。

老妻畫紙為棋局，稚子敲針作釣鉤。

但有故人供祿米，微軀此外更何求？

是杜甫少有的家庭樂畫面。老妻和稚子都有閒情自製娛樂工具，不像現代什麼都要出錢去買。而自製過程本身已是一種娛樂。

田園詩人應是比較享受家庭生活的，宋代的范成大有一首《田家》，吟詠了農村的家庭樂，不強調辛勞，說的是各司其職的快樂：

晝出耘田夜績麻，村莊兒女各當家。
童孫未解供耕織，也傍桑陰學種瓜。

宋代詞人辛棄疾的《清平樂・村居》，把每個家庭成員的狀態都寫下來了，殊屬少見：

茅檐低小，溪上青青草。
醉裏吳音相媚好，白髮誰家翁媼？
大兒鋤豆溪東，中兒正織雞籠。
最喜小兒無賴，溪頭臥剝蓮蓬。

白居易失眠

讀白居易的詩，知他經常失眠，而且相當嚴重。他寫過兩首《夜坐》，其中之一失眠之人最感真切：

庭前盡日立到夜，燈下有時坐徹明。

此情不語何人會，時復長吁一兩聲。

整首詩感到他心事重重，白天已經無語站立，夜間更獨坐到天明。因為無人可訴，只能長吁短歎了。

另一首也是失眠到天明：

斜月入前楹，迢迢夜坐情。

梧桐上階影，蟋蟀近牀聲。

曙傍窗間至，秋從簟上生。

感時因憶事，不寢到雞鳴。

睡不着就看到月色，看到月光送來的梧桐樹影，聽到蟋蟀在牀側的叫聲。一直到窗間露出曙色，鄰家的雞也叫了。

另一個失眠的村夜，睡不着索性出門張望，夜間景色給他一個深刻的印象：「月明蕎麥花如雪」。

一個冬至夜他睡不着，就想到此時遠方家人可能正念及他：

邯鄲驛裏逢冬至，抱膝燈前影伴身。

想得家中夜深坐，還應說着遠行人。

白居易也有一首睡得好的詩，詩中的「安閒老翁」想必是他，在雨聲中甜睡，早上醒來不願起牀，想像夜來風雨，應是滿階紅色的秋葉了：

涼冷三秋夜，安閒一老翁。

臥遲燈滅後，睡美雨聲中。

灰宿温瓶火，香添暖被籠。

曉晴寒未起，霜葉滿階紅。

失眠是苦，安睡是福，能睡得由放下心事起。祝君夜夜好睡。

詩人與美女

作為詩人對於美一定是欣賞的，其中當然少不了美人，李白並無例外。

其奉命之作《清平調》三首，形容太真妃，有句云：

雲想衣裳花想容，春風拂檻露華濃。

若非羣玉山頭見，會向瑤台月下逢。

一枝穠豔露凝香，雲雨巫山枉斷腸。

借問漢宮誰得似，可憐飛燕倚新妝。

寫得自是不俗，以技術取勝，卻也難免有擦鞋之嫌。

他個人欣賞的美女，有《浣紗石上女》：

玉面耶溪女，青娥紅粉妝。

一雙金齒屐，兩足白如霜。

除了欣賞女子的化妝外，還愛看她雪白的腳。詩人有戀足癖乎？

在《子夜吳歌》中，春夏秋冬都有美女。《秋歌》寫女子們在溪中「搗衣」，當然也看到那赤裸的手臂、小腿和腳。

但最吸引李白的該是《陌上贈美人》中的豪放女子：

駿馬驕行踏落花，垂鞭直拂五雲車。

美人一笑褰珠箔，遙指紅樓是妾家。

帥哥，前面紅色那棟小樓就是我家，想上來喝杯茶嗎？

就算是現代，這樣的女子也不多見，詩人能不心動麼？

妙手神偷

歷代詩家詞人，多有襲用前人成句，置於自己作品中，而毋須特別聲明，或要向原作者申請版權。

這也是有原因的，一因被借用之成句多是膾炙人口的名句，盡人皆知，何須聲明。倒是後代註家或會加以指出。二是原作者可能已成古人，想跟他打個招呼亦不可得。

有點不公道的是，由於借用者是高手，如果原作者名氣不夠大，且屬同時代人，後人還以為「抄襲」者是原作者。

偶然讀到宋金詞人吳激一首《人月圓》，不由感歎，偷得這樣好，可稱妙手神偷了，請看：

南朝千古傷心事，猶唱後庭花。

舊時王謝堂前燕子，飛向誰家。

恍然一夢，仙肌勝雪，宮鬢堆鴉。

江州司馬，青山淚濕，同是天涯。

大家都會發現不少句子甚是「面善」。我們會記得杜牧的「商女不知亡國恨，隔江猶唱後庭花。」會記得劉禹錫的「舊時王謝堂前燕，飛入尋常百姓家。」更會記得白居易的「同是天涯淪落人，江州司馬青衫濕。」這些成句用得不但渾成自然，其沉痛不盡之意，尤為感人。

這首詞的背景是吳激出使金國，卻被強留了下來。在一次張侍御家的宴會中，發現席間歌女竟是被擄北地的宋宗室女，使吳激有身世類同的傷感而有此感人之作。

知道了這首詞的產生背景，就會同意詞評家劉祁說的：「其剪裁點綴若天成，奇作也！」

洛夫的《唐詩解構》

詩人洛夫本月十九日逝世（2018年3月），享壽九十一。他晚年最重要的作品是《唐詩解構》，選唐詩五十首，解構後寫新詩五十首，用書法抄寫了，還有難得一見的他的處女作水墨畫。書是硬皮精裝，另加盒套。

在他的〈後記〉中有兩點很重要。他說：

解構之後的新作可能失去原作中的某些東西，但也可能添增了一些原作中所沒有而又必須的東西。

解構新作既不可與原作靠得太近，太近則成了古詩今譯；但也不宜過於疏離，離遠了就失去解構的意義。

讓我們看一些例子。

像孟浩然的《春曉》，其中一句「處處聞啼鳥」，他寫道：「推窗／一陣鳥聲不排隊就一湧而進／嘰嘰喳喳……」形象生動而帶幽默。聲音還可以「排隊」，是詩人的創造。

賈島的《尋隱者不遇》，松下童子說老師採藥去了，洛夫解構說：「雲裏霧裏／風裏雨裏／就是沒有猜到」老師哪去了？「他正大醉在／山中一位老友的酒壺裏」。

杜秋娘的《金縷衣》，「勸君惜取少年時，花開堪折直須折」。洛夫直接把人當花：「要愛／就愛花樣年華／我一直在樹枝上等你／等你輕輕把我抱下」。

洛夫為《唐詩解構》舉辦了盛大的新書發佈簽售會，邀請我做主持。座上詩人瘂弦和我都朗誦了其中詩篇，還有古琴演奏。當日帶去的書都賣光了，買不到的要登記等待下批運到。

字的味道

臨老才來自學書法，先把這個軟軟的毛筆頭控制住，讓它旋轉隨意。然後是把每個字的一筆一畫安排妥當。妥當之後就感舒暢自然，整體也均勻調和。字寫到這個階段，算是有一定基礎了，但並無特色，不會給人留下印象。

然後是求變了。求變就是把本來的妥當和均勻推翻，使它不同尋常。這時的字就具備了個性，有了特殊的吸引力。

原來寫字人的個性會反映在他寫的字裏面，使字具備不同的味道。

有人的字拘謹，放不開手腳，像一個個膽小的學生，蠢蠢的呆在那裏。

有人的字狂野，完全不守規矩，飛揚跋扈，確能引

人注目，卻顯得底子薄弱，許多不足之處暴露人前。

有人的字偏甜，圓熟嬌美，但多看會膩。

有人的字苦，像滿心委屈，有志難舒的落第秀才。

有人的字書卷味撲面，典雅蘊藉，反映書寫者是個真真正正讀書人。

有人的字就是俗，看上去也龍飛鳳舞，卻是裝腔作勢，百般討好，這是最難挽救的一種。

有些事情不佩服

這篇文字會得罪一些朋友，但我指的是一些普遍現象，並非針對任何個人，幸勿見怪。

我不佩服一些朋友派名片，銜頭很多，不是主席便是會長，但這些組織從來未見有什麼活動。有人笑說這些會只有兩個會員，一個是他本人，一個是他老婆。

我不佩服一些朋友的履歷，自我介紹說名列某某世界名人錄。以我所知，只要肯出一筆印刷費，就可以上傳個人威水史，不經考查照登。出版之後贈書五冊，還可添加。

我不佩服一些作家朋友，在介紹自己時，強調自己已寫了多少百萬字。作家的位置不是靠字數堆砌出來的。一千萬字可以是廢品，二十個字可以傳誦千古。李白的「靜夜思」只二十字，且字字淺白，便是好例子。作家不談質而以量驕人，便落下乘。

我不佩服一些書法家和畫家，說他寫了一幅多長的長卷，破健力士世界紀錄，或畫幅大到幾多平方呎。只要肯花時間，作品的長短大小不是問題，強調此點，已見幼稚（對不起，我言重了）。

至於那些故意用左手、用腳趾、用嘴來書寫以展示其難度的，更難獲得我的讚美了。

大陸網上社會教育短片

網上出現大量戲劇短片，長度只是三、四分鐘，背景都在中國大陸，說的是普通話，來自「抖音」等平台。

我發現內容都屬教育性，但與政治無關，而是一些社會倫理道德教育，題材看來很舊，但大量出現，反映社會的確出現這樣的問題。

一類是對老人的虐待和不敬，老人健康不佳，生活不能自理，被兒子和媳婦嫌棄（尤其是媳婦），不給他們吃好的，還加上言語和精神虐待。老人家敢怒不敢言，要靠孫兒女或兒子（如果是媳婦不孝）出頭。用得最多的「道理」是今天你對父母不孝，他日你的兒女也會這樣對你。

一類是富人對窮人藐視和欺負，包括發了達的同學看不起窮同學，最後受到教訓。

一類是高級欺負低級，氣燄逼人，面貌醜惡。卻有眼不識泰山，得罪了董事長。

至今我印象最深的一個劇是父子一同去吃自助餐。

十歲左右的兒子拿了滿滿三盆子回來，都是貴價食物。父親說：「你拿這麼多，怎麼吃得下？我們拿食物，夠吃就算，不要浪費。」

孩子聽了父親的責備，很不高興。他趁父親離座取食物時，隨便吃了一些，就把餘下的全部倒進身旁的垃圾筒。

父親回來時，孩子說：「瞧，我全吃了。」

父親說：「把垃圾筒拿給我。」

父親見滿垃圾筒的食物，二話不說，撈出來放進盆子裏就吃。孩子又怕又慚愧，哭了起來。

片子的旁白說：「毋須責罵，父親以實際行動讓孩子深刻地知道自己的錯。」

中二病

一個 1999 年出現，在網絡上流行多年的詞「中二病」，我最近才知道。發現「中二病」不是中二的學生才會犯上，大學二年級生仍然犯着中二病，才是最大的悲哀。

中二病有幾個特點：

一是幼稚。一個中二生能有多少學識、經歷和經驗？表現幼稚一點不奇怪。大學生多讀了幾年書，也兼職做過幾件事，其實所知仍是膚淺。偏偏他們覺得自己已很「掂」，經常發表偉論，指點江山，在人家眼裏就很幼稚。

二是自以為是，主觀地認為自己的想法和策略無人能及，口氣甚大，去到狂妄程度。他們視年紀大的是「老餅」，應被社會淘汰；同輩的是「豬」，無智慧無腦。

三是渴望被人稱讚，為他給 like 鼓掌的就是朋友，不同意和反對他的意見的就是敵人。

四是自戀，覺得自己是少有的天才，方方面面都出色。但這個世界好像沒有發現他，甚至對他冷淡，因此他很不快樂，有點憤世嫉俗起來。

患中二病的家庭關係不會好，覺得家人不了解他。而家人覺得他很「戇居」，只說不做毫無貢獻。在團體裏也很孤立，思想幼稚卻要別人聽他的。

這病還真不容易醫。

卿本佳人

在酒店咖啡廳等人，客人都輕言細語，耳際有鋼琴音樂，可聞與不可聞之間。

一年輕女子進來，一下就吸引了我的視線。短T恤，露出小蠻腰，長腿，貼身牛仔褲，淺藍，沒有那流行的破洞。她牛仔褲穿得如此好看，這品牌的宣傳部負責人見了，一定會找她穿上拍廣告。

她正正坐在我面對的不遠處，給我第一個感覺是清爽，素臉，沒有任何化妝，連唇膏也沒塗。膚色極好，兩頰有天然紅暈。兩隻眼睛水靈靈的，嘴角帶點微笑，給人親切感。

她身上什麼飾物都沒有，只臂上一根普通的橡皮圈兒，紅色，卻比什麼名牌首飾都好看。

連串《洛神賦》的句子在我腦海出現：「穠纖得衷，

修短合度」、「延頸秀項，皓質呈露」、「芳澤無加，鉛華勿御」、「明眸善睞，靨輔承權」……

看來她不是大眾面善的娛樂界人士，奇怪沒有星探發現她。

她要了一杯凍咖啡，十來分鐘後頻頻看手機，開始皺眉頭，像我一樣，約定的朋友遲到了。

終於一個小夥子進來了，頭髮兩邊鏟青，一邊耳朵戴耳環，無袖 T 恤，露出手臂紋身，刺的是毒蛇和骷髏。他一下子沒看見她，她喊他：

「喂，呢度啊！ X，次次都遲 X 到！」

我有點不相信自己的耳朵，一把煙酒過多嘶啞的聲音，還有那奪口而出的粗口，竟出自我的「洛神」。

「一陣見到嗰條粉腸，一於 X X 佢，唔 X 放過佢！」洛神和小夥子經過我身邊時留下好大一陣煙味……

媽媽和孩子

往日本餐廳用餐，坐下不久，進來兩對母子。兩位母親都很年輕，這個時間不用上班，看來都是全職媽媽。

一位母親是純西人，約兩歲大的孩子金髮。另一位母親看似夾雜了其他血統，但看不出是何族裔。她的孩子較小，該是剛滿一歲，樣子有混血兒的漂亮。

服務員搬來兩張小孩用的高椅，讓他們坐下。那幼小的一個很快便把桌上的餐牌丟下地，她母親拾起，並沒有怪責，繼續把餐牌給他玩，不到兩秒鐘，餐牌又到了地下。年輕母親若無其事，還嘉獎式再把餐牌交他。一會兒聽到清脆一聲響，是孩子把醬油碟子丟到地上。醬油碟子樣子像瓷器，其實是膠製品，所以沒有碎。母親把它從地上拾起放回桌上，並沒有責怪的意思。於是很快聽到第二聲，醬油碟子又被丟下地。

不久又響起較輕的一聲，這次丟下地的是仿瓷膠匙羹。於是我看到出乎意料的一幕。

那母親從地上拾起匙羹，不是放在一邊，不是要求換一個，不是用紙巾抹乾淨，而是放進自己的嘴，在嘴裏面抿一下，然後反轉再抿一下，就放進孩子手裏，再拿着孩子的手，幫他把匙羹放進嘴裏。很明顯，這是她的清潔方法。

這方法出於兩個認定：一、她的口腔有消毒滅菌作用；二、她不會把自己口腔的病菌帶給孩子。

我們曾為上一代老祖母嚼爛食物餵孫兒大搖其頭，對這位現代年輕母親的做法又有何觀感？

人人都有道理

在正常情況下，如果對方不是壞人，不是精神出了問題，他的行為，他對你的態度，即使不為你所喜，請你別忙生氣，記得我說的：恐怕他有他的道理，只是你不知道。

你在街上碰見他，你跟他打招呼，他沒理你，直行直過，你覺得豈有此理。可是你不知道，他可能正在為一件嚴重的事陷入苦思，周邊的人和事，他看不到也聽不到。也可能你遇見的只是一個跟他相似的人，真的人有相似，想一想你有多久沒見過他了？認錯了不奇怪。還有，你自己的樣子也可能變了許多，他一下子認不出來有幾奇？還有一些完全出乎你意料的事，有人的的確確在街上遇見相識的人，好像看不到他一樣。後來才知道他剛從眼科診所出來，放大了瞳孔，什麼都一片模糊。

某次你幫某人出了一筆錢，數目不大，但是他久久不還。你不好意思追他，只是多方暗示，希望他能記起，可是他就是全無所覺。數目雖少，你仍難免不高興，對他也疏遠了。可是你可能不知道，他已經託人把這錢還你了，可惜那人不但記性不好，而且回流去了香港。你也可能不知道他曾叫他的老婆把錢還你太太，你姓張，他太太把錢還了另一位張太，他們之間常互欠一些「麻將數」。

某人最近忽然對你冷淡，幾次約他飲茶都拒絕。在公眾場所見到你也掉頭走。你當然有點不高興，可是你不知道，你有一位兄弟最近被某公司聘用，頂替了一位「老臣子」的位置，而這位「老臣子」就是某人。他知道搶他職位的是你兄弟，而整件事沒有人告訴你。

給孩子最首要的東西

在一本報章專欄選輯的書中，看到孟湄寫的一篇，介紹意大利兒童心理學家前輩，著名教育家蒙特梭利（Montessori）講述的一個故事。

有一次，她去幼兒園介紹最好的擤鼻涕方法，怎樣比較文雅，儘可能減低聲音，儘可能掩蔽自己的動作。出乎她的意料，孩子們非常認真地聽，沒有人發出聲音，當她講完時，孩子們爆發出一片叫喊：謝謝老師！

蒙特梭利認為孩子們是重視他們的尊嚴的，不想被別人小看。她認為「怎麼守住尊嚴，是我們大人應該給孩子的最簡單、最普通、最首要的東西。」

她看到在她辦的幼兒園裏，那些出身平民的孩子，很快學會衣着整潔，舉止文明。很快，他們把自家陽台上的破鍋爛鐵扔掉，換上一盆盆鮮豔奪目的繡球花。

在香港和加拿大都看到有標榜蒙特梭利教學的幼稚園招生。一般印象是小班活動教學，這只是在形式方面。蒙特梭利更注重的是兒童心理的健康發展。

其中之一便是培養其自尊。從具體的生活細節做起，怎樣保持整潔？怎樣說話有禮？怎樣尊重他人？怎樣舉止得宜？你懂得自我尊重，別人自然會尊重你。

其中之二是培養其自信。有難題自己找尋解決辦法，老師只是幫你，不會代替你。獨立思考的能力因而產生。

能掌握蒙特梭利教學精神的學校和老師，加上能配合的家長，教出來的學生應該是自尊、自信、有教養、生機勃勃的一羣。

當看不見

臉書上聽三位自閉症孩子的母親傾訴。她們被不了解的路人批評、責難，甚至拍攝了情況放上網公審。

路人對自閉症孩子無認識，孩子的怪異行為，認為是不懂教和放縱的結果。其中一位母親邊說邊抹眼淚，另一位說，她並不想獲得別人支援，大家最好裝作看不到，直行直過便很多謝。

我想這「當看不見」有時是一種很好的態度，比上前問要不要幫忙更使當事人安樂。

以下的情況都適合「看不見」：

你的鄰居夫婦在街上吵架，清官難審家庭事，公說公有理，婆說婆有理，你一定幫不上忙。他們也不想被熟人看見，因為不是什麼榮耀事。所以當看見時最好向後轉。

有精神失常的女子在街上脫衣，已裸了大半個身子。如你不想介入就當看不見，不要站在那裏看熱鬧。如果你想幫助她，請你致電報警處理。

你是女性，偶然看到不太相熟的男同事忘記拉好褲子的拉鏈，告訴他會是一件尷尬事，所以還是當看不見。

晚上回家，陰暗處見一對少年在接吻，走近認得那女孩是樓上老何的女兒。最好是擰歪面，當什麼都看不見。

警車停在大廈前，有人被扣上手銬上警車，原來是鄰居老張的兒子。當看不見好了，老張愛面子。

可是當看不見，是因為你幫不了忙，人家也不想你看見。當你坐在公車上，有老弱傷殘站你面前，可別當看不見。

若無其事

在後園 BBQ，食物一打開，立即有野蜂飛來，有細細的腰身，當然是會螫人那種。座中也有兩人被蜂打過毒針，還有兩個十歲以下的小妹妹，大家卻出奇的鎮定，沒有亂拍亂揮，沒有尖叫。野蜂在大家之間飛來飛去，有一隻還駐足在小妹妹的手臂上，她沒有被嚇着，還近距離觀察牠，等牠自己飛走。大家有一個共識，便是若無其事，便能相安無事。大家要提防的只有一樣，提防牠們鑽進汽水罐，你喝汽水時連蜂喝進嘴裏。

我寫稿的時候，不怕附近眾聲喧嘩，打麻將甚至唱卡拉 OK。這是教書時練出來的。下課時操場上一片熱鬧，我改作文本子並無困難，那聲音被推到老遠，我若無其事。

溫哥華近唐人街，有東區邊緣地帶。街上有不少遊民，形跡可疑的毒販，蹲在牆角打針的癮君子，奇裝異服的性工作者，步履蹣跚的醉貓，白天也大被蒙頭的露宿者……許多人視為畏途，繞道而行。開車經過這裏，會把車門鎖上。我步行經過這裏，若無其事，坦然無懼。因為他們屬於另一個社會，自有他們的守則和倫理。當一個陌生人經過，他們會觀察你的形貌和動態，判斷你無害時就不會招惹你。

在香港新界行山時遇到蛇，在面前蜿蜒而過，事出突然，最安全的做法是停步，若無其事，看牠消失在草叢中。在加拿大跟黑熊不期而遇，別奔跑，若無其事，改變方向，繞道而行，牠也懶得理你。

裸體狀態

下面兩個故事，都關乎裸體狀態。同樣會令我們微笑和想一想。

一位男士往一位女醫生處做體格檢查，她叫他去診症室把全身衣服脱掉等她進來。

他照指示做了，之後聽到輕輕的敲門聲，女醫生戴着聽筒進來了。她仔細檢查和觀察了他身體的每一部分。最後她問：「你可有什麼問題？」

他想了一想：「你進來之前為什麼要敲門？」

的確是問題。我們進入他人房間之前，為免室內人衣衫不整或者正在做一些不雅動作，為表示禮貌，讓房間裏的人有所準備。但既然知道裏面的人已脱得赤條條的，之後還要觀察和檢驗，那麼這敲門還有意義嗎？是一種不可或缺的禮貌，還是真有點多餘？

畫家寫生倦了，叫他僱用的裸體模特兒穿回衣服，一同休息一下吃個下午茶。模特兒是個美女，穿回衣服更見嫵媚。她笑語盈盈，跟畫家聊得開懷。畫家忽然看到妻子正從樓梯下來。他急呼：「快！快！快把衣服脫掉！」

你說奇怪嗎？不，因為裸體是工作，不在工作而在聊天喝茶吃餅，善妒的妻子就會有意見。

做松鼠也不差

天氣漸暖，冬日不見的松鼠又出來了。草地上東嗅嗅、西嗅嗅，看有什麼好吃的。如果有兩隻，便捉對兒嬉戲。在橫斜的樹幹上你追我逐，如履平地。當你在路邊遇見牠們時，牠們就往樹後一閃。瞬間影蹤全無。

大自然的生物，所做無非三件事：一是找吃的，二是找交配的，三是保護自己。

這三件事都是本能，上天給的，毋須花心思。

吃——只需要去尋找，必有所得，毋須自己製造。不用花錢買，也不分等級。沒有大酒店，沒有大牌檔。籬笆旁，矮樹上，天生天養。

性——相逢何必曾相識，不講門當戶對，毋須馳騁情場。沒有酸風醋雨，沒有始亂終棄，大家快活一場。孩子不知有父，做母親的也已淡忘。因此沒有負心人，也沒有婚外情，只有器官的快樂，沒有撕心的情傷。

安——弱肉強食，森林規律。強敵來了，拔腳就逃。逃之不及，引頸就戮。無怨無恨，一切注定。

人類比之松鼠，添了多少煩憂！只因腦會思想，心會感傷。在深感人生無奈時難免會想：做一隻松鼠多好！

材和用

朋友談及一位多年前的同事，曾在國內某大學教授英語。抵港後難覓工作，困難重重。最後在一間私立小學謀得一教職，僅堪餬口。他不善與人相處，社交圈子狹窄，晚上無處可去，留在辦公室改卷。卻又跟校工鬧得不愉快。

或許由於有志難伸，心中藏着不甘，愈來愈憤世嫉俗，給人的印象是孤僻、固執、難合作，最後竟連這份教職也保不住。朋友為他的大材不能小用感到遺憾。

我聽了這故事心想，大丈夫能屈能伸，需要時放下身段，潛藏待變。最要緊是繼續充實自己，與時並進。而且許多知識來自基層，到「大用」時一樣有用。如日日牢騷滿腹，沒情沒緒會導致連小用也做不來，成為個人悲劇。

我對朋友說：不過大材小用是個人小悲劇，小材大用才可能導致影響千萬人的大悲劇。這因為小材偏偏對自己估計過高，總以自己是最有智慧的一個，許多大機構、大企業甚至一個城市、一個國家會毀在這種人手上。

奇怪的是古往今來中國最有智慧的一個莊周，卻偏偏教人要學「無用」。他以一棵巨大的高齡樹木為例，說明就因為他的木質無用，才能逃過斬伐，享其天年。

不過他學生遇見的一件事，卻使莊周難以回答。莊子帶學生投宿朋友家，朋友殺雁招待，雁有兩隻，童子問：雁有兩隻，一隻會叫，一隻不會，殺哪隻？主人說：殺不會叫的。學生問老師：「昨日山中之木，以不材得終其天年，今主人之雁，以不材死；先生將何處？」莊子說：「周將處乎材與不材之間。」阿濃抓頭：「咁即係點啫？」

人只有一次的緣分，
無論這輩子我和你相處多久，
你一定要珍惜共聚的時光。
下輩子無論我們愛與不愛，
都不會再相見。

——梁繼璋給兒子的《備忘錄》

意料之外的情感

今晚的月色真美

文壇掌故說日本作家夏目漱石任教翻譯課時，有學生把「I love you！」翻譯成「我愛你！」但夏目漱石認為不夠含蓄。或許在那個年代的日本，說這樣的話，太過直接吧？那麼夏目漱石認為要怎樣譯才好呢？

答案是「今晚月色綺麗！」或「今晚的月色真美！」

這樣的翻譯跟翻譯三原則「信、達、雅」相差頗遠，「雅」是雅了，但既不「信」（忠實於原文）也不「達」。可是卻有不少人是欣賞他這種譯法的。或許我們可稱之為「遙譯法」吧，只是一種意會式的表達。我們可以想像這樣的境況：

清涼的夜，園子裏蟲聲奏得正歡，她穿一襲白衣，靜坐月色下。嘴角含笑，眸子閃爍。一陣微風，送來桂花的幽香。你心跳加速，心裏想說：「I love you！」可是嘴裏吐出來的卻是:「今晚的月色真美!」

中國詩文中，寫月下美人的不少。如李白寫楊貴妃是「定教瑤台月下逢。」姜夔以月下美人比喻梅花:「月夜歸來，化作此花幽獨。」杜甫寫妻子「香霧雲鬟濕，清輝玉臂寒。」也很動人。

難得的情歌

多久沒讀到好的情詩了。我負責一個專欄叫《情詩共賞》，每月一篇，也寫了好幾年了。介紹的情詩有古典有現代，我寧選現代，但能令我感動和欣賞的難乎其難。終於在《中國好歌曲》第二季第三期聽到山東姑娘劉潤潔唱她自己作曲填詞的《情歌 2》，得到極大的滿足。

首先是歌如其人，姑娘樣貌清純如山間清泉，聲音清純如天籟，而歌詞也只有這個年齡這種性情的女孩子才寫得出來。無論如何，我要抄下來介紹給大家：

轉過彎 / 趟過河 / 爬過山 /

穿過沙 / 走過雪 / 等過春秋

起過早 / 貪過黑 / 數過日落

摔過跤 / 迷過眼 / 帶着笑 /

去找你

我的心 / 一朵花 / 一片葉 /

一個世界

住着風 / 住着雨 / 住着日月 /

住着你

走過漫漫長路我終於遇見了你

一點光 / 一點亮 / 一睜眼 /

是夢裏面

基本上是三、四個字的短句，排比整齊，意象豐富鮮明，文淺而情深。「去找你」是多艱辛！「住着你」是多寶貝！「一睜眼，是夢裏面」多幸福！整首歌帶給我無比的喜悦。

愛情專家

他被稱為「愛情專家」，因為他在報章和雜誌上有三個專欄，談的都是愛情問題。他時常被邀請主持講座，主題也是愛情。一到情人節，到處都見他的文章和訪問。

讀者和觀眾都想知道他在這方面的經驗是如何得來的，但他從來不講。於是傳言很多，有說他拍拖多次，每次都被人「飛」；有說他結婚三次，離婚也三次，如今是金牌王老五。大家對此都深信不疑，因為沒有豐富的愛情經驗，怎能說出這許多睿智的話！

對這些傳言和猜測，他從來不承認也不否認。

他儀容整潔，丰神俊朗，談吐風趣睿智，很有紳士風度。對眾多對他心儀的異性，均以禮相待，但保持距離。於是有人說：「見過鬼怕黑，他無膽入情關了。」

可是他忽然大大的消瘦了，鬍子也不剃，常一個人喝悶酒，所有都是為情所傷的表現。跟他最相熟的一位朋友笑他：「愛情專家也中招了，能醫不自醫！」他沒有反駁，只說：「你懂什麼！」

的確，懂他的人很少，除非你看過他最近一篇文章，他說：「世人總以為成功的戀愛才甜，我寧願品嚐那蝕骨的苦澀，這才是永恒的滋味。」

為何觀感不同

玲玲生日，邀請了一班好友來家燒烤慶祝。有同學、同事、家人、網友……大家差不多吃飽之後，玲玲跟幾個女孩子回屋裏説體己話了，剩下幾位男士閒聊。

話題由玲玲的上司打開，他説玲玲是他最得力的助手，腦筋靈活，許多死結靠她解開。最難得是她情商也高，受了委屈也不發脾氣，不鬧情緒。因此她的人際關係好，年紀大的説她尊重前輩，新進來的説她肯幫人，熱情無私。

公司的清潔女工阿蓮被邀請來幫忙打點，她一面收拾一面説，玲玲一點架子也沒有，對低級職工一樣禮儀周周，有人做錯事她會幫他們善後，從來沒有大聲怪責。

玲玲姓張的大學同學説，他們曾組織過一個義工小組，玲玲是組長，她的處事作風，服務精神，沒有人不欣賞。

玲玲的爸爸說，你們稱讚得她這麼好，我卻覺得她任性固執，不聽老人家的意見。她自小愛駁嘴，大了也不改。有時她有她的道理，有時卻是野蠻。

一直不說話的小周這時怯怯的說：「為什麼她、她、她對我這麼兇呢？從來不講理，跟你們說的好像不一樣。」

玲玲的爸爸微笑道：「她對愈親的人愈野蠻。」

小周的耳朵紅了。

新一代偶像新一代歌

臉書上記者訪問九十後，問他們的生活習慣和愛好。原來 Facebook 對他們來說已是落後的東西，只有祖父母級的長輩在玩。記者問他們聽誰的歌較多，我第一次聽到「薛之謙」的名字。

薛之謙，1983 年出生，上海人。四歲時母親就因病去世，靠外婆和奶奶撫養長大。高中畢業後曾往瑞士讀酒店管理，回國探親期間，因為希望在音樂方面有所發展，放棄了學業。在街頭演唱時被唱片公司星探發現，簽了合約。此後參加多個歌唱比賽得獎，出個人大碟，成為新一代偶像。

上 Youtube 聽他的歌，知道他能填詞、作曲、編曲、演唱，同時是演員。他聲線不錯，唱的多是情歌，從歌詞可了解現代年輕人對愛情的看法。

一首歌名是《像風一樣》，看來其中一方在愛情上受傷了。

你不就像風一樣，侵略時沙沙作響。再宣佈恢復晴朗，就好像我們兩個沒愛過一樣。

不像過往一兩代，因此痛不欲生，悲傷呼喊。他們瀟灑得很：

和風一樣，你離開不聲不響。我喜歡這種收場，看上去誰也不曾虧欠過對方。

另一首叫《曖昧》，兩人感情是真是假也弄不清楚：

可能是現在感情太昂貴，讓付出真心的人好狼狽。

反正現在的感情都曖昧，你大可不必為難找般配。何必給自己沉迷的機會，不如用誤會來結尾！

難道現在這一代對真正的愛已不存奢望，隨時準備放棄免致受傷？

此時此夜難為情

香港最多人會背的一首古詩，是李白的《靜夜思》：

牀前明月光，疑是地上霜。

舉頭望明（或作山）月，低頭思故鄉。

電影或電視劇裏一叫孩子背詩，就是這首。好像編劇先生也只知道這首。

其實在李白的詩裏，我覺得這首並不怎麼樣，雖然應景，但太直白了些。我覺得李白的另一首就比這首好多了，題目很特別：《三五七言》。

秋風清，秋月明。

落葉聚還散，寒鴉棲復驚。

相思相見知何日，此時此夜難為情。

詩題是根據形式定的，包括兩個三字句，兩個五字句，兩個七字句，有點像詞。這已是一種突破。朗誦起來也有變化。

頭四句寫秋夜景色，風清月明的大環境，再加動感，樹葉被風吹得聚聚散散，寒鴉被冷風和明暗不定的月光驚擾得不安寧，叫喚幾聲又再睡了。這番景致比《靜夜思》細緻豐富多了。

跟着寫感受：想念一個人，隔別久了，又路途遙遠，不知何日才能相見。這樣的夜晚，這樣的時刻，心中的惆悵真不知怎樣表達（「難為情」不是解作「唔好意思」）。不知怎樣表達正是一種表達，一種含蓄的表達，提供想像空間。你說這首比《靜夜思》是不是更有味道呢？

讓我們多讀一首李白吟月的詩吧，《玉階怨》：

玉階生白露，夜久侵羅襪。

卻下水晶簾，玲瓏望秋月。

寫一女子在夜涼時仍不捨月色，要躲到屋裏去看，意境甚佳。

排隊

先到先排，是排隊原則，不依從者，謂之打尖，會被羣起而攻之。

但一個人在別人心中如何排，卻沒有這種規矩。自己在不同的人心中有不同位置，沒有明確顯示，卻可以窺測得知。

一母四兒，當一件大家都喜歡的東西出現，媽媽首先想到的是誰？他就排了第一。或許一次不足以證明，連續數次，大家就心中有數。

光聽別人嘴裏説，你在他／她心裏排頭位，實在需要考證。即使是沒讀過書的老太太，也是天生政治家。她同樣的話可能同時對幾個人説過，誰是真正第一，只有她知道。

不過考證並不難，因為事實勝於説詞。譬如你的話

對方總是不記得，請他／她為你做的事即使很容易，也沒幫你做。而那在他／她心中排最前的，不論多難、多麻煩，他／她都做得妥妥帖帖。

最使你心痛的是，他／她居然好意思，要你把本來屬於你的、你喜歡的東西讓給他／她，要你為他／她重視的人把一個好的機會放棄。他／她對自己提出這樣的要求竟然沒有絲毫抱歉，對你的感受根本不放心裏。

不過一個人在別人心中的位置並非固定，尤其在愛情這事上，要變起來有時一個星期也太長。當新人出現時，可以在完全猜想不到的情況下被別人打尖了。

幻象

人與人相交，有一個認知過程。這過程是漸進的，可以很漫長。所以諺語有「路遙知馬力，日久見人心。」詩句有「周公恐懼流言日，王莽禮賢下士時。」都是說不能以固定的想當然的看法看人。

尤其對一些有某種名氣的人，例如藝員、作家、政界，他們或經過包裝，或長期以某種面貌出現，就會造成種種幻象。

幻象往往是完美可愛的，高雅、大方、慷慨、熱情、爽朗、浪漫、樸實、親切……因此未曾深交已經對他崇拜景仰，引為知己。

如果雙方無緣結交，那幻象將繼續存在，一方成為另一方的偶像，死忠的粉絲。

如果雙方認識了，往後的日子既能增添新的認識、新的感情，也悄悄撕開面紗，消除幻象。能不能繼續相知相愛，就要看那日趨真實的「我」能否符合另一方的要求了。

貪取的人知道自己不如別人想像的好，就會保護自己的幻象，不讓它被戳破，不讓它在人家心中幻滅。但這是很辛苦的事，經過歲月的考驗，總是心勞日絀，露出原形。

真誠的人不但不隱藏自己不完美的一面，還坦率相告，把自己的真面貌儘快顯示給對方。希望對方欣賞自己的優點，也能包容自己的缺點。唯有這樣，感情才能建立在真實的基礎上而非幻象。

最後一程

網上看到一篇英文寫的故事，很是動人，轉述一下，讓多幾個朋友也有所觸動。故事是一位計程車司機的經歷。

那天他奉召來到一間舊屋門外，兩次響號不見有人出來，他本來想走了，還是下車按了門鈴。裏面有蒼老的聲音回應，久久才有一位九十來歲的老太太開門，她吃力地拖着一隻箱子。

他幫她將箱子搬上車，然後扶着她上車。她說了要前往的地址，問他可不可以經過市中心前往？他說這可不是一條最近的路。老太太說她有的是時間，她正前往一處善終院舍，醫生說她的時間不多了。

司機把收費錶停了，開往市區。經過一間商廈，她說曾在此工作，負責電梯上落。經過一處居民區，她說新婚後曾在此住過。經過一間大家具店，她說從前是跳舞場，她女孩時曾在此跳舞。經過一些地方，她要求停車，長久地注視並陷入沉思。

最後她説倦了，要求前往目的地。車到院舍有人迎接。她詢問車資，他説不用付，只是跟她緊緊擁抱。

老太太坐在輪椅上進去了，司機不再載客，沉默着，心裏有複雜的滋味，苦澀又安慰，他有幸送了一位老人家最後一程。

最後時分

以下是一位護士的見聞。

這是末期癌症病人的病房，其中一位男病人已經留醫近一個月了。他的妻子每天都來看他，卻沒有子女來，不知是無兒無女還是都在外地。

他妻子每次都帶了食物和營養湯水來，親自餵他。看來他們的感情是很好的。她還幫他抹身、刮鬍子、梳頭、剪指甲，讓他見朋友時整整齊齊的。

她在醫生巡房之後詢問得很詳細，也常常把她的意見跟我們反映。怕我們不記得，還寫在紙上備忘。

日子一天天過去，病人一天比一天衰弱，醫生說時日無多了，恐怕就在這幾天要走。

那天我當夜班，病人已經神智不清，他的妻子沒有離開，怕見不到他的臨終時刻。我忽然見她拿出一把剪刀，剪斷他頸上一直掛着的玉墜繩線，把那玉墜拿在手裏晃盪着說：「我知道這是誰送給你的，你休想戴着它走！」跟着隨手丢進了病人用過的便盆，跟污物混在一起。

病人這時瞪大了眼睛，隨即頭一歪就過去了。

「唉，」護士說，「即使很愛你的女人，也不會錯過報復的機會，那怕在你臨終時。」

豬八戒的悲哀

童年春節在城隍廟看京劇，最愛看是《西遊記》折子戲，欣賞孫悟空打觔斗，舞金箍棒。其中有豬八戒角色，演員戴上豬頭面具，手持九齒鈀，以崑腔自報家門。當時覺得奇怪，崑腔每用在英雄末路、烈士就義前的悲訴，為什麼被視為丑角的豬八戒會用崑腔介紹自己？後來終於明白了，八戒自有他悲哀的理由。

一是投錯胎，本是天神，卻因酒醉鬧事被罰下凡塵又誤投豬胎，沒有含銀匙出世倒也罷了，受種族歧視那是一定的了，更做不成「外貿（貌）協會會員」，別想有美女垂青。

二是食量大，這是豬的 DNA 話事，不多吃怎能滿足大塊頭體格所需？偏偏生在糧食緊張的中國，大食是一種死罪。卻又做不成吃貨，不論精粗美惡，倒進肚裏就算。連人參果也骨嘟吞了，不知是什麼味道。

三是有一家不識好歹的親戚，他替妻子家掃地通溝，搬磚運瓦，築土打牆，耕田耙地，種麥插秧，創家立業。讓妻子身上穿的錦，戴的金，四時有花果觀玩，八節有蔬菜烹煎，卻賺不到老丈人一聲稱讚，要把他趕出家門。

四是十分聽話，答應了觀世音隨取經人往西天，連老婆都可以不要了。還要被視為好色，其實他面對七個裸體的蜘蛛精都沒動心，還力主將之打殺。(不知這犯了不殺生的戒條！)

五是被師兄稱為「呆子」。他告別高家時，要丈人好好照顧他老婆，以防取不成經時兩頭落空，這就是智慧。

八戒兄有這許多不幸和誤解，思想起來怎能不悲哀！

意外的眼淚

在一次人數不少的活動中，一位陌生女士突然走來我面前：「你是阿濃？」我說是，她給我一個擁抱，跟着我見她忽然流下幾行眼淚，是留也留不住那種。

人多嘈雜，我聽到她帶哽咽的介紹。近三十年的讀者了，曾經見過一次，二十多年前的事。一直留意我的消息。

她知道我曾在哪幾間學校任教，由一間小學到兩間中學，到一間特殊學校。她知道我移居他鄉的生活，包括近況。她知道我近日的心情，似乎並不舒暢。她說雖然從來未想過要聯繫，卻像一直相熟的朋友一樣。

我說要留個電話，她說她不在這個城市居住，這次來此只是旅遊，過幾天便會離去。看來她仍想保持現狀，做一個遙距的讀者。

於是我問她的名字，很陌生，像從沒聽過。她再跟我相擁一下，隨即離去。

活動之後我不能忘記她臉上的那幾行淚，怎會因見到我而流？是見到我老了那麼多，而且帶幾分憔悴？是多年的閱讀已成為心靈的朋友，意外的相逢帶來激動？或許她特別多愁善感吧，謝謝她，給我一種溫暖的感覺。

廿七年前一長信（上）

收拾舊物，見一信箋冊，打開是一長信，共約四千字，寫於 1993 年 7 月，我由香港飛溫哥華安居一天的前夕。

寫信人是我讀者，十六歲的女中學生，目的是讓我在航機上看：「現在你是不是正在太平洋的上空？剛才經歷了一場離別，現在正是舒緩下來的時候。在漫長的旅程中，我想跟你細細的談談話。」

信為什麼要寫這麼長？「這是一封長信，因為你的旅程長，我對你的感情長，我們的距離長，我們永遠不斷的情誼更長，希望在沉悶的旅程中放映不好看的電影，前後排都是陌生人時給你解解悶。」

她的字寫得比平常美觀整潔，她說：「我難得如此耐心，為了讓你看起來不那麼吃力。那麼長的信，你起碼可以看兩次而不厭倦，而我也希望這封長信可以一直陪你到八十歲，九十歲，一百歲。那時候，可能我們已經分開得很遠很遠，可能 O.L. 這個人已不存在，可能已經把自己藏起來。但你只要一看這封信，就可以看到她十六、七歲時的那顆永恆不變的活潑的心。」

阿濃活過了八十，正迎接九十。O.L. 現居上海，有一個漂亮、活潑、可愛像天使般的孩子。臉書上有時看到他們母子。

她繼續問我記不記得第一次見她是什麼時候？第一次看信時我不記得，事隔二十七年第二次看信，又再忘記了。

她說那是聖雅各福羣會，我去演講，她去為一羣被逼遷的居民舉行聚會，做了很多吃的東西。她認出了我，給我留了不少吃的。後來她做了一件冒昧的事，留待下次說。

廿七年前一長信（中）

廿七年前這個十六歲的女孩，她寫過信給我，我也看過她的作文，但這天是第一次偶遇，跟她一起的還有另外兩個讀者。想不到臨別時她塞一張字條給我。

「臨時寫的，説我很想做個作家，求你收我為徒。這張字條你放在你襯衫的口袋裏，進了電梯。一大幫人圍着你，電梯門關上了，我送出去一個希望。」

她説她跟同來的朋友預測結果，她相信我答應收她為徒的機會不大。大概會叫她看書，好一點是建議她看某幾本書，因為我一直很忙。

「但就在之後的禮拜一，回信就來了。你居然收了我為徒。那封令我尖叫不止的信仍在我的抽屜裏，永遠是令我努力的力量泉源。」

這徒兒後來沒有成為作家，但她有不止一兩篇特寫在某大報發表，其中一篇記她在美國總統克林頓家作客。總統女兒是她同學。

她信上說我在另一方面對她影響大，原諒我在此有讚美自己的文字：

「你是我此生見過最正直不阿的人。我自身絕非一個剛直（這詞用得不準確）的人，大小風雨都可以把我的品格破壞，因為利字當頭，有時我會做出不應該的行為。小的個案有很多，大的幸好沒有。我相信以後也不會有。接觸你多了，見你的言行多了，自己不期然會慚愧。你可知道，你已不知不覺間，教會了我一個年輕人應有的人格和骨氣。這種種子播於無言中，將來果實一定豐盛。我相信，受你影響的一定不止我一個。」

信裏還有不少令我感動的話，下一篇會把它說完。

廿七年前一長信（下）

這孩子是上海人，上海話、粵語、普通話同樣標準，讀的是名校，又是芭蕾舞名師王仁曼的愛徒。人聰明，寫作難不倒她，討人歡心一點不難。但要端端正正寫四千字讓人開心，沒有真情就很有難度。

因此在此第三部分就引述一些。

「我的文章，你都給我細細的評改。我的錯別字驚人，字體潦草，你卻給我每字每句的改。這種關注，有誰能有這個能力、這個程度和這份熱心去做？遇上你，根本是我的運氣。」

「我覺得我能帶給你的只有麻煩、麻煩和更多的麻煩。你說你疼愛我是因為我有天分，有才華，但是換了別人，有才華的如果不是自己兒女，還會付出這份愛心嗎？」

「近日你要安排移居加拿大，你家中事也多，我從美國回來並沒有為你做過些什麼，這是我一向作風，刁蠻、任性，老是來纏你。那天書展中你一位朋友對你說：『保重，你清減了。』我聽了一下子好難過。我細看你，並不覺得你比前消瘦。但我何時曾靜下來看你，關心你？沒有比較，瘦了、胖了怎知道？你說我是個可愛的孩子，我看不出可愛在哪裏，我眼裏只有我自己，很自私的一個人。」

「實在捨不得你走，我也捨不得走。在會展的玻璃幕牆後，我看見你眼中對香港的依戀。」

「好，三毛有一句話：離別是重逢的開始。見面的日子可以開始倒數。」

「如果覺得睏，就睡一下。你該累了，不吵你了。做個好夢，把我也放在夢中。」

長信看完了，要私訊去上海，問她可記得寫過這長信？

難以抗拒的親近

雖然已經從正職退休多年，卻每天都要對着電腦打字數小時。時間太多的朋友打電話來聊天，言不及義，超過半小時便覺厭煩。逛商場這類節目早已從活動項目中刪除。

可是文章正寫到一半，兩個小孫女嘻嘻哈哈走進來，問也不問，一人佔了一條大腿，跟着就是搶滑鼠。我連忙把寫到一半的稿件儲存了，任由他們在 Youtube 上胡搞，聽兒歌，看卡通片。工作被打岔了，但感到幸福。看着她們專注的眼神，多變化的表情，感覺到她們的信任和親近，完全不敢拒絕，因為我知道這種爺孫樂為時甚暫，三年後她們已經不會坐我大腿，叫也未必肯過來。

「爺爺跟我來！」一隻小手伸過來，拖我到她們房間裏陪她們玩「煮飯仔」。小手軟軟的，牢牢的握着我。她們提醒我進房前先脱鞋，要我坐在地氈上看她們認真的搬弄刀叉碗碟。我不敢拒絕，這是上天的賜予，拒之不祥。

小孫女一面抹鼻涕一面剝提子，小手上拿了一顆說：「爺爺，好甜！」連忙把嘴伸過去接。真的很甜，甜到入心。這樣的開心事也就是這幾年能享受到，孩子轉眼就大，再過幾年這情景就只能追憶。這樣的親近我是不能、不該、不願拒絕的。

父親給兒子的「備忘錄」

偶然在網上看到梁繼璋給兒子的「備忘錄」，記得九十年代見過他。那時有一本瘋魔青少年的雜誌《YES！》，是倪震和邵國華創辦的。梁繼璋跟他們在香港電台有一個《三個寂寞的心》節目，雖然沒有一同創辦雜誌，卻參加雜誌的活動。其中一次我見過他。

《YES！》有一些「出位」的內容和活動，被部分學校列為禁書。

有一天我收到並不認識的倪震的電話，約我在《YES！》寫一個欄，內容不限。我知道他的目的是讓雜誌有不同的觀點和聲音。我答應了，並且這樣做了。

梁繼璋在2009年寫給兒子的「備忘錄」，到2019年仍有不少讀者和觀眾。「備忘錄」不長，但涉及人際關係、人生得失、生命珍惜、愛情苦樂、知識獲取和親人緣分等多方面，都是作者「經過慘痛失敗得來的體驗」，希望孩子可以省回不少成長的冤枉路。

其中有關兩代關係的有兩段，一段看似無情：「我不會要求你供養我下半輩子，同樣我也不會供養你的下半輩子。當你長大到可以獨立的時候，我的責任已經完結。今後無論你坐巴士還是賓士，吃魚翅還是粉絲，都要自己負責。」

另一段卻看得人心痛：「親人只有一次的緣分，無論這輩子我和你會相處多久，你一定要珍惜共聚的時光。下輩子，無論我們愛與不愛，都不會再相見。」

到了我這樣的年紀，數一數手指，就知道這永別日子的到來大約還剩幾年，看來十隻手指也用不完。

黃霑談死

開車時常聽黃霑唱自己填詞的《滄海一聲笑》，喜歡聽他帶點嘶啞的「煙屎」喉，跟這首歌特別合襯。

算一算黃霑離開我們十五年了，他是2004年走的，就在這個月11月24日，終年才六十三歲，如果還在，七十八歲而已（2019年），定必仍十分活躍。

他在報章專欄中不止一次談及死亡。他說他不怕死，因為「人總要有那麼一次。怕，也得死；不怕，到該死的時候，也還是照死如儀。」

他還說如果此刻死了，對社會有貢獻，對家人有大裨益。此話何解，說笑而已。對社會的貢獻是娛樂週刊可多賣幾本，對家人的裨益是孩子會發奮。不過對此點他似乎信心不足，補充說：「不發奮，我也不必管了。」

他對死後情況頗多想像。他想像「扶靈陣容，也會可觀。」他想像他如果此時真的死去，哪些朋友會哭得哀？他舉了一批名字，各有不同表現，包括：施南生、俞琤、倪匡、老徐（應指徐克）、吳宇森、劉培基、蘇孝良、高文安、林夕、查哥哥（金庸吧）、陳非……不知為什麼沒提最佳拍檔顧家煇。

他在此文中最後說：「而絕對哀痛莫名的，會是我自己。」因為「如果我此時死掉，一生真要做的事，我全未完成。借死而遁，不是我所願做的事。」

不知他真要做的事是什麼？以他如此熱愛生活，重友情，喜戀愛，才華洋溢的人，當然不想死，可是命定如此，還是「照死如儀」。「濤浪淘盡紅塵俗世幾多嬌」！不過那邊也不寂寞、張國榮、梅姐（梅艷芳）、羅文、肥肥（沈殿霞）、查哥哥也是夠熱鬧的。

打包情意

喜慶宴會，社團聚餐，吃過糖水，發覺剩下飯菜不少，主要是最後一道菜的炸子雞和炒飯麪。浪費了實在可惜，打包拎走已被大眾接受，不是寒酸的表現。但如何處理仍有不少講究。

其中之一是由誰帶走？首選該是獨身男士，家中無人負責中饋，自己煮也很隨便。打包回去可免煮兩餐。其次是長者夫婦，能減輕勞作又節省金錢。識做的單身人士，自會禮讓給老人家。

這時便有識做的後生，幫着把剩下的飯菜裝好，放在老人家面前。

最有服務精神的男士女士，更會到附近客人已全部離席的桌上，清掃剩餘物資，拿回來分享。他們怕大家客氣不要，便來一次「抽獎」。一袋袋食物編上號碼，誰抽到幾號便拿幾號。

我認識一對高齡夫婦都是老師身分，席間多的是他們的學生，知道他們喜歡酒樓食品。不用吩咐，自動幫他們打包，拿着送上車，開車的也是他們的學生，一直送老師回家。

有些爺爺嬤嬤，對炒飯麪不一定感興趣，卻喜歡與糖水同上的餅餌，悉數帶走，回家給孫兒女吃。祖孫情洋溢。

酒樓對打包有不同配合，盒子和袋子是基本供應。如盒子精美，還有酒樓名字，就是進入家庭的好廣告。也有伙計把之前的剩菜一一裝盒，還寫上菜的名字，讓大家選取，那就是更積極的態度。

夢境

獨自蹀躞在一條長街上

看不到盡頭

腳步趑趄

唇乾舌燥

渴求一個歇處

所有的門都緊閉

窗後閃着懷疑的眼神

門後傳來猛犬的咆哮

忽見紅門一扇

有聯曰

「花徑不曾緣客掃

蓬門今始為君開」

正看時

呀的一聲開了

但見庭院寂寂

花木扶疏

還聞得茶香琴韻

好一個佳處

正訝異

巨大花樹下

閃出伊人

笑意盈盈

輕啟朱唇

「先生

等你好久了。」

尋貓

寶貝，

你遊蕩到哪裏去了，

為什麼一去不回？

十年的相依，

跟親人沒有分別。

自你離去，

全家都掉進一個惡夢，

掙扎着無法醒來。

半夜好像聽見你的叫聲，

打開門只見月光照着石階。

黎明一陣陣抓爬的聲音，

原來只是樹枝刮着窗台。

寶貝，

你的食盆和水碗都滿滿的，

你的小牀軟軟的暖暖的。

你幾時回家，

讓我們抱你、親你——

從惡夢中醒來。

那怕你大學畢業，拿到幾個博士；
或是中學畢業就輟學，到社會打拼，
你都要多謝你的小學老師。

意料之外的原因

表象背後

臉書上有一個連結叫《美麗日報》，有圖有文，說的都是動人故事，而且不落俗套。最近又見到一則，也很有意思，不過我只能記個大概。

公園裏，有老有少，有人在做運動，有老人家在下棋，有帶嬰兒來的媽媽們在聊天。其中有一對母女，媽媽四十多歲，女兒十三四歲。她們在一棵大樹下休息。女兒坐不住，站起來望東望西。

那女孩用很高的聲音說：「我聽到鳥兒在叫！」她母親微笑點頭！

一會兒那女孩又高聲說：「我聽到火車嗚嗚的叫！」她母親又微笑點頭。

這情形引起一對老年夫婦的注意，他們搖搖頭，覺得這女孩十分幼稚。

這時那女孩又高聲説：「我聽到學校打鐘。」

那老太太忍不住了，對那母親説：「你女兒的腦子是不是有問題，要不要帶她去看醫生？」

那母親説：「我們剛從醫生處出來。我女兒的耳朵聾了好幾年了，剛完成了手術，聽得見了，所以她很興奮。」

原來如此！老太太有點不好意思。

《美麗日報》提醒大家：我們看到的景象，可能異乎尋常，可能覺得不順眼，不要急着批評。我們不知道現象的背後，有怎樣的故事。它的起源是怎樣？如何演變到今天？個人尚且如此，社會、國家更複雜。武斷地將己比人，未免驕傲自大！

有趣的經濟指數

經濟學家除了從主要的經濟數據推算經濟狀況和走向外，也會輕鬆一下，從某種特定貨品的銷售情況，找到與整體經濟相對應之處，稱之為「XX 指數」。

譬如一家經濟研究院就找到一個「男士內褲指數」，說遼寧內褲銷量增長，反映了經濟回暖的趨勢。這說法還不是他們首創，早在 2008 年美國聯儲局主席格林斯潘就曾提出過。分析其原因是經濟不景時，男士會推遲買新內褲的時間，「着得就着嘛」，反正別人看不到。經濟好轉了，男士就會對自己好一點，換上新內褲。

類似的有一個「口紅指數」，指數的締造者是化妝品牌雅詩蘭黛前總裁 Leonard Lauder，他發現當口紅暢銷時，反映經濟衰退。因為在化妝品中口紅價錢便宜，當女士們要滿足其購買慾卻又要節省時，就會買價錢比較便宜的口紅。

以這個題目作論述的作者還提及「榨菜指數」、「即食麵指數」、「摩天大廈指數」、「漢堡包指數」等等。

我相信可以有「理髮指數」，經濟不景，男士會推遲理髮的間隔。可以有「香煙指數」，廉價香煙暢銷，苦悶的失業者多抽了平價煙。可以有「電視指數」，經濟差，收視率高，因為這是最低消費娛樂。可以有「公共圖書館借出書籍指數」，經濟差，不買書，到圖書館借；失業的人也多了看書時間。可以有「補鞋指數」，買不起新鞋只能拿舊鞋去補。

風格之形成

藝術有風格，不論繪畫、書法、雕刻、音樂、歌曲、戲劇，不同的創作人，愈是成功者，愈有個人風格。風格強烈者，觀眾不用看名字，一見已知道是誰的作品。

做人也有風格，或豪爽，或熱情，或灑脫，或謹慎，或認真，或馬馬虎虎，或大而化之。

做事也有風格，或大刀闊斧，或拖拖拉拉，或嚴苛，或親和，或剛愎自用，或從善如流。

風格之形成，一從個性。最明顯表現在書法上，豪爽之人，字體跳脱不拘，瀟灑放縱。謹慎之人，一筆不苟，端正穩健。樂觀諧趣之人，為文幽默輕鬆，妙語如珠。多愁善感之人，為文抑鬱不舒，多的是歎息和眼淚。

二跟潮流，當印象派成為流行，整個時代的畫壇，都是他們天下，風格相近。穿衣的風格更受流行支配，一旦流行，滿街都是。

三隨師從，老師的派別風格，影響大部分弟子。像國畫的嶺南派，一進展場就知他們是一家。

四因遭逢，一個人處富貴中與患難中，作品很明顯是兩種味道。李後主由逸樂的帝王生活成為階下囚，詞的風格就有分明的改變。

五因年齡，一個人對人生的看法隨年齡改變，可能由積極變消極，可能由執著變看破，也會影響一個人作品和行事的風格。

有人的風格終生不變，或由於太適合他，或由於他變不了。有人的風格一變再變，出於他一再嘗試。後者看來較為有趣。

俗從何來

有人說：藝術的事一俗便無藥可醫。的確如此。寫字是其中之一。

怎樣的字謂之俗？裝模作樣，力求討好，而效果適得其反，因為俗了。

有所謂賬房先生字，就是俗的代表。賬房先生每天頻繁記賬，來來去去那些字，寫得非常熟練。誰知「熟」就是「俗」的來源之一。因為表面龍飛鳳舞，但少了樸拙、沉穩、虔敬、端莊等諸般優點。別人眼中之俗，他自己還自鳴得意。

除賬房先生外，每天開藥方的中醫先生，不停開菜單的酒樓經理，都容易犯這毛病。一般人見他們寫得如此「漂亮」，還會稱讚一番，更增加了他們的信心，愈寫愈花巧，也愈寫愈俗。

俗的來源之二是求「怪」。因為沒耐心勤學苦練，或學習遇上瓶頸，為求突破，另闢蹊徑，於是求怪。或用口咬筆書寫，或用腳寫字，或雙手同時書寫，或用掃帚寫極大的字，或寫難以辨認的自創狂草，或寫自創字體和文字。總之是標奇立異，猶如玩雜技。但那些字絕無美感可言。是一種江湖味的俗。

俗的來源之三是人俗。他們打扮俗，珠光寶氣，志在炫富。最貴的名牌，穿在他們身上就覺彆扭。他們言語俗，不離金錢、權勢、女人、享樂。他們家庭佈置俗，金碧輝煌，卻沒有文化氣息。即使有書櫃，那些厚厚的百科全書也不是用來看的。即使有三角大鋼琴，也不是用來彈的。他們的活動俗，不離吃喝賭博。

或問如何免俗？東坡先生說得好：「腹有詩書氣自華。」多讀好書是第一步。

認識你在哪階段？

一班朋友談起了你，他們都曾是你朋友，但對你的印象卻相差好遠。這是因為他們認識你在不同階段。

一個説，你好靜，很畏羞，跟異性説話會臉紅。學習很認真，對人也熱心。是個孝順兒子，聽話。

一個説，你愛國，關心政治，喜歡跟人辯論。

一個説，你是一個好老師，講課動聽，有愛心，學生都喜歡你。

一個説，你熱心社運，花很多時間在社團工作上，為羣體發聲。

一個説，你是書迷，讀書是你最大嗜好，肚子裏頗有料。

一個說，你對人生很積極很樂觀，年紀大了還像個年輕人，外表和心態都不老。

一個說，你的思想漸趨保守，對社會一些新思潮看不慣。

一個說，你對自己對事物的看法頗固執，任何人都影響不了你。左的覺得你右，右的覺得你左。

一個說，你比許多人看問題更客觀、更通透，對人對事更包容、更有商量餘地、更具彈性。

一個說，你對人生有點悲觀，厭世的情緒偶爾會流露。

這些印象都不是憑空而來，對你有同樣印象的也有人。為什麼會各式各樣？為什麼有些還互相矛盾？只因他們在不同時段、不同環境以不同關係認識你，就像瞎子摸象，只認識你一部分。只有長時間與你相處的，才比較全面的認識你。可是這不表示真有人百分百的了解你，因為還有很大的一部分內心世界被你隱藏了，到某個引發點才爆破，使所有親朋戚友大吃一驚。

莫作等閒看

臉書上一位母親，說她六歲自閉症的兒子，今天第一次識得叫她媽媽，甚為感動。使我想到多少父母親喝止他們的孩子：「閉嘴！」其實她們當年也曾為孩子識得叫他們而大為雀躍。世事總是這樣，容易得到便視作等閒了。

友人嗅覺失靈，什麼味道都聞不到，能做的治療都做過了。有一次她跟朋友參觀農場，農場養了家禽家畜，有很大的氣味，人人掩鼻皺眉，她卻說：「如果我能聞到多好！」

兩中學生在校午餐，甲生埋怨母親準備的午餐盒不好吃。乙生說：「我也曾嫌媽媽準備的午餐不好吃，可是媽媽不在了，我是多麼懷念她為我準備的不好吃的午餐。」

某君跟戀人爭吵，她一怒而去，整個月沒有消息。

有一天忽然聽到他高興地說:「她在WhatsApp罵我了！」

「罵你也高興？」大家問。「肯罵就有希望。」他歡喜地說。

某君自費出版了一本文集，放在一書店寄售。他不時會去書店看看有沒有人買。三個月後他高興地對我說:「終於賣掉一本。」我想:「才賣一本也那麼高興！」他補充說:「某某、某某，半年一本也沒賣掉。」

家父是書法家，晚年在家授徒。每逢週末，坐得一屋子都是人。我看過他的學生登記冊，學生前後超過四百人。而我竟沒有跟他學寫字，因為覺得隨時可以。可是他八十六歲那年走了，我再無跟他學寫字的機會。有時碰到他的學生有作品參加書法展，就深深感愧。

多謝小學老師

那怕你大學畢業，拿到幾個博士；或是你中學畢業就輟學，到社會打拚；你都要多謝小學教師。

不光是小學教師為你的文化奠下第一塊基石，還因為你一生使用最多的知識都是小學老師教的。

以港台為例，那怕你是文學博士，大作家，你每天使用的那千多字，都是小學老師（包括學前教育老師）教的。你每天讀報，95% 以上的中文字是小學時就認識的。你撰寫畢業論文，除非你研究的是古文字，否則論文的主體文字仍是在小學學的。你到茶樓看點心單，你申請公屋填表格，你唱卡拉 OK 看歌詞，你唱粵劇操曲，那些單字都是小學老師教的。沒有小學中文老師教你語文，你就是文盲。

那怕你是數學博士，會計師、精算師，你用得最多的仍是小學老師教你的四則。

往超市購物，茶樓聚餐分賬，買東西有折扣，存錢進銀行比較利率，總有些簡單的賬要算，算法都是小學學的。

說到英文，認識二十六個字母和它們的順序很有用，不識順序無法查字典。連進戲院找座位也有困難。基本的英文字彙用處大，去外地自駕遊看不懂交通標誌，不能全靠圖案。這些都是小學老師教的。

生活常識極有用，基本衛生常識、救傷知識、防火防震、社會通識、法律的遵守、罪案的防範，都讓你平平安安過日子。基本禮貌、傳統道德、怎樣說話、怎樣做事、怎樣做一個有教育的人，小學老師都讓你知道基本。

小學老師，謝謝你們！

「冇茶飲唔得」

香港電視新聞，一位老太太對着鏡頭說：「我每日冇茶飲唔得。」真有咁誇張？

每日茶樓的早茶，是許多老人家的黃金時段。

年紀雖大，在家仍要服侍人。煮飯、晾衫、摺衫、抹塵、掃地、湊孫……唯有在茶樓被人服侍，因為是熟客，部長、伙計都很親切，記得她飲的是普洱還是鐵觀音。

在家做飯要照顧全家人的口味，在茶樓完全根據自己選擇。

茶樓有許多「熟面口」的茶友，往來不多，但會互相點頭。有人忽然不見來飲茶，聽說進了醫院，入了老人院，或是已經「拜拜」了。因此在茶樓亮相是另類報平安。

兒媳去旅行，帶回來的手信是一件靚衫。老太太穿上去飲茶，聽到許多讚美，引來許多羨慕。不去飲茶有誰知。

老太太們畢生慳儉，兒子結婚擺酒用了她們一大筆，兒子買樓交首期，又用了她們一大筆。她們用在自己身上的少之又少，看醫生也只是去公立醫院排隊，每年生日只是全家去酒樓吃個套餐。每天的早茶用的是政府發放的「生果金」，這是她們為自己花的最「奢侈」一筆。

你說對於她們冇茶飲得唔得？

明白了

若蘭收到蔡君 WhatsApp，有以下一段對話：

「想請你吃飯。」

「必有所求。」

「想請你幫幫眼。」

「未來阿嫂候選人？」

「十劃未有一撇。」

「咁快攞意見？」

「免阻大家時間。」

「你咁信我眼光？」

「你最了解我。」

是的，若蘭對他很了解，還差點嫁了給他。是他不告而別，去外國進修，順便單方面結束了三年戀情，害她大病一場。如今她已結婚，他仍是寡佬一名。他回港後若無其事的聯絡上她，期間有事務上的接觸。

她依約來到一間大酒店，記憶中他從不曾約會她來過這麼高級的地方。

一位精心打扮的女士遲十分鐘來到，一個合理時間。若蘭聞到一陣若有若無的香水味，不討厭。順眼一瞥，從頭髮到指甲都經美容院打造。蔡君介紹若蘭跟女友認識：「Mrs Chan，大學校友，師姐。」

「好一個 Mrs Chan，撇清關係。師姐？他定是瞞報年齡。」若蘭微笑，為人為到底，何必拆穿，說自己其實比他低三屆？

若蘭無意聽他留學外國的威水史和趣事，卻留意到他對這位女士照顧周到，無微不至。女士點菜拿不定主意，他提了意見，看來事先做了功課。女士切牛扒有點困難，他說大酒店的餐刀也這麼鈍，幫她切好。女士一不小心把叉掉落地，他立即吩咐侍應換一個。用完餐女士要去補粉，蔡君立即陪她去。

若蘭看着他們的背影，想起往事，這位蔡同學對她從來沒有如此細心過。原來他不是不懂，而是他願不願意做。她不覺輕輕歎了一口氣。

鎚子和釘子

加拿大某大學教授Jeffery Sachs說：「若果你手持鎚子，你會把一切看成釘子。」比喻某些擁有強大軍備的國家，總想憑藉武力解決問題。

以此類推：若果你憑買賣賺了億萬家財，你可能把所有人看成貨。你以為招聘人才好像入貨，淘汰冗員好像清除過期存貨。豢養小三、小四好像購置新車、新遊艇。

若果你擁有崇高的學術地位，你可能把所有人看成學生，大家都要尊師重道，對你執弟子禮。其實大多數人對你毫無認識，對你自以為了不起的態度覺得反感，他們聽不懂也不想領教你的學問，許多場合都可能出現得罪你的人。

若果你是某種宗教的師尊輩，你可能把所有人當成需要你救贖超渡的對象，相信你手持天堂大門的鑰匙，對你頂禮膜拜。但世間多的是不懂點頭的頑石，地獄對他們有比天堂更大的吸引力。

若果你天生一副迷人面孔、醉人姿態。你可能把所有人當成迷你的粉絲，一見你就會蜂擁而來，雀躍尖叫。還會任你擺佈，為所欲為。或許真有愚蠢的個體被你騙倒，到你違反法紀時，受到懲罰的是你。

不是先知（童話一則）

從前有一個國家，是君主制，因此有君主也有首相。但國家的權力卻在政黨手上。

這國家有兩個政黨，互相爭鬥，已到水火不容程度。你說是，我一定說非；你向東，我一定向西。因為這樣，每條法例，每項政策，都展開劇烈的爭辯，因此議而不決，使政府寸步難行，處於癱瘓狀態。

這兩個政黨，一個是以律師為主的陣營，擅長顛倒黑白，淆亂是非。一個是以傳媒為主的陣營，擅長造謠惑眾，製造恐慌。這使百姓難分對錯，也分裂成兩派。連國王也分不清是非對錯，不知自己應站在哪邊？

首相因國家的分裂憂心忡忡，竟因抑鬱死去。死前對國王說：「我向你推薦一位先知，他能預知事情的成敗。」他說先知叫于老師，住在某街某巷。他曾多次因國事向他請教，每次的預測都很準確。

首相死後，國王悄悄去探訪這位先知。他獨自居住在一間舊宅，年齡已過百歲。但耳聰目明，腿腳猶健。他說他以收破爛為業，每天跑十分一個城區，十天跑遍全城。一百歲那年他退休了，但跑城的習慣不變。

他說他不看報紙，不聽電台，但每天都跟街坊聊天，對國事不陌生，市情不隔膜。

國王問他對事情有先知能力是不是有特異功能？于老師說：「那有特異功能？我判斷事物憑的是常識，最淺顯不過的常識，不被任何花言巧語扭曲的常識。另外就是我活了一百多年的經歷。」

為何不爭

臉書上看到一則故事，很有意思。

說孔子有個很有學問的學生，有一天在老師家門外看到一個穿綠色衣服的童子，正想敲老師家的門。

「你找老師有什麼事嗎？」

「我想請教他一個問題。」

「說來聽聽。」

「我想問一年有幾季？」

「當然是四季。」

「我說是三季。」

兩人爭論了一會兒，童子說：「不如問老師，誰錯了就要向對方叩頭。」

這時孔子出來了，他們把問題問他老人家。孔子看了童子一眼說：「三季。」學生無奈，向童子磕頭。

童子走後，學生問：「一年明明有四季，為什麼你說三季？」

孔子說：「這童子其實是蚱蜢變的，他一生只能經歷春、夏、秋，冬季他已冷死了。」

孔子拍拍學生的肩膊說：「夏蟲不可語冰，因為他們不曾見過。我們有時跟別人爭辯，為對方的無知和堅持己見而惱怒。卻不知道每人的境界不同，跟他們理論是白花唇舌。」

學生的頭是白磕了，卻學到一個處世之道，就是不跟不在同一水平的人爭辯，省了唇舌，省了時間，省了氣惱。

你可知道你心裏藏着的另一個你是怎樣的？
想不想把他放出來？

意料之外的結果

希望象徵

若干年後，重看舊照片，就知道攝於2019或2020年，因為許多人臉上戴了口罩，尤其是街景。

照片上沒有嘴角上掀的笑容，沒有整齊潔白的牙齒，沒有迷人的紅唇，沒有俏皮的梨渦，沒有男性魅力的鬍子。

這張老友聚會，要仔細辨認才知道誰是誰。這張山頂同遊，口罩加遮陽帽，完全看不出他是老張還是小李。這是婚禮，穿婚紗的新娘，穿裙褂的奶奶，臉上都多了這一塊。牧師講道，台上台下見眼不見嘴；總統就職，慶賀場面並無例外。

這情況不限某個城市，巴黎鐵塔之下，倫敦大笨鐘旁，杭州西湖邊，麗江古城的街道上，口罩都成了時世妝。

杜拜一位婦產科醫生 Samer Cheaib 接生了一個嬰兒，像所有健康的嬰兒，他在醫生手上放聲大哭。出於本能，孩子伸手亂抓，一手拉開醫生的口罩，讓我們看到醫生是一位漂亮的大鬍子。有人手急眼快，捕捉了這有趣的瞬間。

醫生把這張照片張貼在網絡平台，說這是一個信號，我們都在等待它的到臨，就是我們可以取下口罩回歸正常生活。

如今這照片已傳遍世界，成為今日希望的象徵。

老師，你可記得我？

朋友傳來一則好故事，我看完將它刪除了。後來老是記得這故事，覺得要讓更多的人看到，決定在此複述一下。因為是憑記憶，跟原文有少許變動。

在一間學校的五十周年慶典宴會上，八十歲的霍老師也出席了。她一頭銀髮，精神很好，一個又一個舊生向她問好。晚宴開始，一個中年男士，坐她旁邊，開始跟她傾談。

「Miss 霍，我叫張保羅，你可記得？」

「不記得，我記性不好。」老師抱歉的說。

「有一件往事，我一直記得，這一生也不會忘記。」

「你說。」

「上美術課時，一位同學把手錶除下洗手，忘記戴回，我一時貪心拿了。」

「這樣的事不止發生一次，記不清了。」

「同學把失錶的事告訴老師你，你説有同學一時貪心，他現在一定很後悔了，讓我們給他一次機會，把手錶交回。

「我當時真的很後悔，不知怎樣交還手錶，才不會被同學鄙視我！」

「後來呢？」霍老師笑着問。

「後來你叫拿錶的同學，把錶放在左邊褲袋裏。要我們全體面向牆站成一排，失錶的同學排最後一位。

「你又叫大家閉上眼睛，你開始掏大家的口袋，我感覺你從我口袋裏掏走那隻錶，我的心跳得厲害。最後你把錶放進失主口袋，大家返回自己座位。你沒有責罵，事後也沒有找我談話。我逃過一場羞辱，變得很乖，操行分升了兩級。

「老師，我以為你一定記得我這手錶竊賊。」

「我真的不記得，」老師說，「因為掏口袋時，我也緊緊閉着眼睛。」

寒冬暖意

二十多年前我在一間特殊學校的中學部任教，所收學生被稱為「情緒問題兒童」。智力體能都正常，只是學業成績差劣，無心向學，調皮搗蛋，容易發脾氣，打架生事，為一般學校所不容。

中三班有一個L學生，上課倒不搗亂，有時還搶着回答問題，顯示他比別人「識嘢」。但他一臉戾氣，行走時揈手揈腳，一副不容侵犯的樣子。如有低班學生多看他一眼，他便揪着對方胸前恤衫，怒目而視：「囖仔！做乜超我！」

中三畢業後認識一英文中學女生，開始拍拖。他說女友英文好，將來對他的業務有幫助。

在工業學院修讀短期課程後，他租了一輛小型客貨車做生意，行內競爭似乎劇烈，有時搶客會發生爭執。他曾開車來學校探望老師，打開車尾廂我看到有兩根壘球棒。他見我注意到了，拿一根在手上掂量掂量，獰笑說：「人不犯我，我不犯人！」

後來他告訴我要結婚了，因為再不結婚，孩子就要在他們婚前出生。我因移民外地沒能喝他喜酒。孩子出生後，老婆要在家照顧孩子，不能跟車做生意了。他轉了工在貨櫃碼頭做吊機控制員。他說一個人整日呆在半空與世無爭，心平氣和了很多。

新年收到他的電郵，跟如花似玉的兩個女兒合照，還說已購車，下次我回港他負責接機。這說明他經濟情況不錯，而且尊敬老師，要送上他的善意和敬意！

弄丟了什麼？

網上一位脫口秀表演者說：

我們在幼兒園把天真弄丟。（是的，已開始被當成鴨子來填。）

在小學把童年弄丟。（是的，小學畢業我們被塑造成小大人。）

在初中把快樂弄丟。（是的，開始擔憂未來的考試。）

在高中把思想弄丟。（是的，老師說公開考試答題時要考慮改卷老師的喜惡。）

在大學把追求弄丟。（是的，已懂得把理想放一邊，想有富裕生活便得為金錢折腰。）

畢業了把專業弄丟。(是的，讀哲學的做了保險經紀；讀精算的買賣房產。)

工作了把鋒芒弄丟。(是的，在人簷下過，不得不低頭。)

戀愛了把理智弄丟。(是的，愛河之水飲者昏迷。)

結婚了把激情弄丟。(是的，從來婚姻是愛情墳墓。)

按揭了把下半生弄丟。(是的，未來的日子都是房奴。)

我在括號中為他做了註解，再為他添加幾個：

做了律師很難不丟掉觀念的是非，出得起錢打官司的可能是欺負人的一方。

進了政界日子愈久愈容易丟掉正義，你不吃人就會被人吃掉。

出家之後偏偏丟掉信仰，明白仙佛之道何其遙遠，經營道場要當商業來做。

一旦從商很難不丟掉誠信，在爾虞我詐的世界，老實人難有立足之地。

做演員要當心丟掉本真，戲裏演的是諸色人等，戲外也是另一個你。

做軍警被要求丟掉獨立，服從上級命令並無選擇。

做廚師要丟掉自己的味覺，他要做的是萬千食客所好。

做模特要丟掉自己的身體，他們要成為奇裝異服的衣架子。

省下來的時間

阿明在某電訊公司做事，他用特價招徠他的五個朋友買了他公司的服務。公司推廣一種新計劃，加錢不多，但上網速度是原來的十倍。於是他又說服他的朋友們，照增加費用的一半，享受新的快速上網。

朋友們參加新計劃一個月後，他 WhatsApp 他們問情況。

第一個問 Alice，她說新速度的確節省了時間。

「你現在正做什麼？」

「鬆腳甲。」

第二個問 Benny，他說對新速度很滿意。

「你現在正做什麼？」

「我接多了兩份job，比以前更忙。正趕工，不聊了。」

第三個問老張，接電話的是張太。她說阿張正在打牌，找他有事嗎？

阿明聽到搓牌聲，說：「沒事，只是想問他上網速度快了滿不滿意？」

「他當然滿意！」張太的語氣不大好，「如今他天天打八圈，比以前更忙！你真好介紹，以前他還幫着洗碗，如今要我幫他們斟茶遞水。」

第四個問Doris，她認得他的聲音，說：「明哥謝謝你！真的快了很多！」

「省下來的時間用來做什麼？」

「我在網上多參加了三個會，一個是愛貓會，一個是150 plus會，一個是金曲會，做了其中兩個會的管理員。」

「什麼是 150 plus ？」

「體重一百五十磅以上女性才可參加的會。」

「那不是比以前更忙？」

「當然，這三個會的會員都有一萬多。」

第五個問誠伯，他上網主要是「煲劇」。

「上載快了很多，但我一天限睇三套戲。」

「你現在正在做什麼？」

「拍烏蠅。」

「什麼？」

「天氣熱了烏蠅多，可是牠們太狡猾，很難才拍到一隻。」

阿明無言，想：「他們真有需要節省時間嗎？」

未上鎖的門

凱瑟琳・金寫的動人故事，一個任性女子，因為小事跟父母爭吵，一怒之下離開了家庭。她在街頭流浪，乞過錢，出賣過肉體，不像人樣。

一晃就是幾年，她的父親死了，母親也年老。但母親沒有放棄找尋女兒的意願。

她印了一批尋人啟事，到處張貼。包括超級市場、收容所、教堂……

終於有一天，這女子在排隊領取一份免費晚餐時，看到佈告板上有一張熟悉的面孔，「可是我的母親？」

她離開隊伍走近去看，是的，是她母親，那下面還有一行字：「女兒，我仍然愛着你，快回家！」

她一下子崩潰了，哭不成聲。天已黑了，她朝家的方向奔去。當她到家時已是凌晨，在她敲門時，門自動開了。走進房間，發現母親睡得正熟。她搖醒母親，喊道：「媽，女兒回來了！」擁抱之後，女兒問：「門怎麼沒有鎖？」母親答道：「自你離家後，門就沒有鎖過。」

親愛的朋友，你可曾因為這樣那樣的理由，離開你的父母、家人、愛人或好友？當時你想，你們將永不相見。但隨着日子過去，你愈來愈想念他們了。你可有勇氣，再回到他們身邊，聽他們說：「門永遠為你開着。」

予欲無言

臉書上有不少明星粉絲團的留言，我比較欣賞的是賈靜雯名下的貼文。好在看了有共鳴，好在有所得着。覺得撰稿者是個有經歷的人，是受過傷、心碎過、終於領悟人生的人。就像這一篇的最後兩段：

走過大風大浪的人，
話永遠不多。
經歷過人情冷暖的人，
寧可不説，也不説錯。
就算頭上有烏雲飄過，
情緒也絕不外泄；
就算心上有百般苦澀，
臉上也不動聲色。

走過了百轉千回，
看遍了人心叵測，

成熟的人，學會了痛而不言。

智慧的人，學會了一笑而過。

做一個寡言，

卻心有一片海的人。

為什麼走過大風大浪的人話永遠不多？因為他知道言語的無力，知道認真聽的人有限，聽了能幫你的更少，最終還是靠自救。為什麼經歷過人情冷暖的人寧可不說？就是因為說了更知道錦上添花多，雪中送炭無。當烏雲蓋頂，心上苦澀，別讓別人看到，即使有安慰的說話，也空洞無物。說完很可能借故遁去，怕你提出要求。

經過百千次歷練，看透了人心叵測，終於學到什麼？學到不論多痛也別哼聲，別損害人家的興致。當看到種種虛偽時，了解這是人的共性。最常見是喪禮之後的「解穢酒」（我初以為是「解慰酒」），席間個個談笑風生，胃口不錯，與剛進禮堂時的悲戚面容有極大的落差。有智慧的家人不會介意，悲痛始終是親人的事，當戲已落幕，外人也就毋須扮演。還有什麼好說的？門前送客，說聲多謝，附送一個苦笑。

記得這些往事

父親喜歡飯前小飲兩杯，有時發覺酒瓶空了，叫我到鎮上打一斤高粱回來。順便到經過的王婆那裏買一角錢花生米送酒。酒舖用一色的罎子裝着不同的酒，接過我帶去的空瓶，裝上漏斗，用長柄勺子打酒進去。王婆住在一間茅草矮屋裏，用小酒杯量花生米給我。她的花生米很脆，我回到家時，父親會分一小撮給我。有一次他倒酒出來，我聞到味道說：「好香！」父親把酒杯遞給我說：「試試。」我有點驚奇，這是第一次。我喝了一小口，一股熱氣由喉嚨直下，但我沒有皺眉也沒有咳嗆。父親說我遺傳了他的酒肚腸，大了一定飲得。我大了對酒淺嚐即止，從沒醉過，因為我見過父親醉後的狼狽相。

妻對拍拖的往事記得的不多，但到秋風起街上出現糖炒栗子的小販時，就會記起這件：我們同去看電影，天氣有點冷。我在戲院門外買了一包栗子進場。一顆顆剝了殼給她吃。香香的、糯糯的、甜甜的，味道之好，如今還記得。

有孩子了，晚飯後孩子們做功課我們改卷，功課多，做完夜已深。天氣冷，做功課的小手凍。我說吃公仔麵好不好？一片歡呼。此時電視正播《百戰雄師》，他們一邊看一邊吃熱騰騰的公仔麵，多年後仍記得這無上享受。

寫稿常至夜深，妻知我愛甜食，芝麻糊、杏仁糊、番薯糖水、紅豆沙……隔數日輪替上，我說他日退休了開間糖水舖，生意一定好。

過去的許多事情都忘記了，偏這幾件與飲食有關的還記得。

歌中故事

我們不叫他的名字，而稱之為詩人的阿陳，在一次聚會中唱了一首歌，原唱者是林子祥，歌名《你心有我》，後來我查到作詞是劉卓輝。

阿陳唱得很動情，我們竟看到他眼中有淚。我問他何事感觸？他說太巧了，這歌簡直就是為他而寫。他在坐的士時偶然聽到這首歌，大為激動。後來上網查到這首歌，聽了一百多次，就學會了唱，每次唱的時候都感動。

我們都要求他把這故事說給大家聽，他也不推辭。他說多年前喜歡了一個女孩，為她寫了許多詩，可是她卻只當他是一個大哥哥，愛了一個又一個不同的男子。後來他和她都去了外國生活，他先回到這個城市來，偶然在街上遇見她，同去喝杯咖啡。原來她是回來結婚的。

她還告訴他，她仍記得他為她寫的詩句，並且即時背誦了幾句，使他很感動。雖然事隔多年，但這樣的重逢仍使他心痛。他祝福她有美麗的愛情，但心中期望：

夜靜日子飄過，你的心有我。

故事說完，他又哼起歌來：

別了你，為誰遠去，今天的我心已碎。竟有你，總掛念，我當天的詩句……

新婚夜

在一場文娛活動中，八十多歲的他被要求唱歌。他本是歌星，退休後在一些小型夜店裏唱過十多年。如今連這個都不做了，想聽他唱歌要看他興致。

今晚他的興致似乎不差，拿起了結他，叮叮咚咚調了一下，開口説道：

「今天要唱的歌叫《新婚夜》，基本上是我朋友的親身經歷。他六十歲才第一次結婚，新娘認識不夠兩星期。聽呀！」

今天我們結婚了

我的新娘就在我身旁

參加婚禮的朋友都走了

留下相愛的我們倆

雙雙的

我們快樂地結了婚
現在她正準備上牀
她脫下她的牙齒和頭髮
放在牆邊沙發上
穩穩的
一顆玻璃眼球，圓圓的
一副助聽耳機，很精緻
最後她除下一根假腳
統統放在牆邊沙發上
我瞧着瞧着心碎了
超半個老婆分離了
沙發上佔了更大的比例
我決定伴着它們睡一起
擠擠的……

一曲既終笑聲哄堂，掌聲雷動。

藝能累人

魏明帝時有位書法家叫韋仲將，他的造墨法歷代知名，不過他認為要造好墨須杵擊萬下，卻是難以做到了。

他的字寫得好，卻為此悔恨，告誡子弟，不要因此種藝能拖累自己。

那是因為當時建造了一座巍峨的凌雲殿，殿名尚未書寫，工匠已將匾額釘了上去。為了竣工大典，皇上宣旨要韋仲將上去題字。結果把這位書法家吊在半空，於搖搖晃晃的踏板上題了字，累得他「鬚鬢盡白，裁餘氣息」。他回到家裏便告誡子弟不要學他，說這玩意兒能把人累死。

有同樣遭遇的還有唐代畫家閻立本，有一天唐太宗遊湖，池中有毛色亮麗的鳥兒隨波游弋。便宣旨命閻立本前來寫真。閻立本俯伏池側作畫，看到同袍陪着皇上安逸賞玩，大覺慚愧，回家氣憤的告誡子弟：

以丹青見知，躬廝役之務，辱莫大焉！汝宜深誡，勿習此末技。

即天才如李白，也難免在街上喝酒時，忽然要奉詔入宮為皇帝老兒和寵妃寫詩助興。

溫市老友漢學家王健，玩中國民間說唱「數來寶」出神入化，每次都贏來滿堂掌聲。於是只要他應邀出席大小宴會，總被要求露一手。於是事前要作準備，用膳時心有所繫，難以在毫無壓力下享受美食。

更可憐的是那些人長得漂亮，通數種語言，言詞便給的人才，經常被邀請做金牌司儀。於是在滿堂觥籌交錯中，餓着肚皮在台上耍嘴皮子。

因此長於某種藝能，未必是一種福氣。

一生一本書

世間作家不算多，多產作家更少。卻也有人一生只出版一本書。

最常見的是回憶錄。有人不是寫作人，但經歷豐富，成就不凡，就想出一本書記述生平。不會寫嗎？就邀請文字好的人協助，自己口述。

其實這類書很有意思，個人歷史是大歷史的補充。

書成之後第一批讀者是兒女和親友。讓他們知道上一代走過一道怎樣的路。跟着要送的是圖書館，不光是為流動，而是希望資料能留存。

第二類書是專門類，有人是某種技藝的專家，可能收了不少徒弟，但無人能全盤吸收。日子久了技藝可能失傳，這包括醫學的，武術的，工藝的……

第三類書是詩集、講稿、攝影集和畫冊，是自己十分欣賞，卻無市場價值，只能自費出版，印他一批送人。

這些一生一本的書，印製質量有很大分別。經濟條件好的，設計、用紙、裝釘都是最高水平。經濟條件一般的只能因陋就簡。認識一位詩人，他把在報上發表的新詩，分頁貼好，用影印方式出書。如今有電子方式打印，出幾十本也可以。加印則幾本也可以。節省了成本，也慳了儲存地方。更鼓勵了本來不會出書的人。

由於印數不多，想節省成本，又想有彩色圖片。有人以彩色照片一張張貼上去。效果也不錯。

當朋友送我一生一本的書時，我會珍藏。因為這類書想買也買不到。而其內容定有獨到之處。

誰是「大師」

為一家電視台講了幾分鐘關於燈謎的知識，配合元宵佳節。在網上收看時赫然發現在文字説明中被稱為「燈謎大師」，不禁失笑，要成為「大師」實在太容易了。

正在細想還有什麼見得人的本領，找機會露一手，多賺幾個「大師」名銜。

本來「大師」代表該專業的權威，樂器演奏有「大師」班，讓有潛質的年輕人跟一位技藝出色的人作短期學習和指導。能成為大師班的老師的確需要極高深的學養，因為參加的學員都不是等閒之輩。

想成為「大師」似乎還有其他途徑，一是從事風水命相行業，立即可以賣廣告稱自己為「大師」。一是出家，如星雲他老人家，實至名歸。即使出家不久，舊日女友追上門來也會喊一聲「大師開門啦！」

從前要成為以上兩種以外的大師絕對不易，記憶中有音樂大師（下分鋼琴大師、小提琴大師……）、文學大師、國學大師、魔術大師、催眠大師、象棋大師等。近年「大師」出現濫用情況，上網一看就有瑜伽大師、眼鏡大師、麻雀大師、體態大師、企業大師、節奏大師、拼音大師、裝機大師、勞力士大師、行程大師、蘋果恢復大師等等。

近日朋友應邀翻譯一本經典兒童讀物，出版人寫了一篇序，序文中多次稱她為兒童文學大師。我想這是安徒生都不曾獲得過的榮銜，吾友雖屬兒童文學界翹楚，這「大師」的名稱卻還是突兀了些，像稱我是「燈謎大師」一樣。

不屑敷衍

交友之道，早給人說爛了。偶然在網上的《生活小百科》看到幾句話，卻是深得我心。

他主要的意思不是「交」而是「棄」。

打開地址簿或手機的通訊錄看看，那仍然保持聯絡的一定不及已絕少往來的多，那是自然的淘汰。卻仍然有一批不時碰面的相識，會邀請你參加一些你不想參加的活動，見你不想見的人，做你沒興趣做的事。你一看到來電顯示是他的名字就眉頭皺，但你不好意思拒人千里，約你三次總得答應一次。

也有在你正忙的時候打電話來說廢話，言不及義，雞毛蒜皮，是是非非。多年來都是這樣的朋友，總不能對他們有什麼要求。

可是《生活小百科》說：「到了現在的年齡，跟誰在一起舒服就和誰在一起。」年齡！是要作出改變的因素。

又說：「對於朋友交往，累了就躲遠一點。」躲！是要學習的技巧。

最後說：「能入我心者，我待以至寶；不入我心者，不屑敷衍。」不敷衍，是一種尊重。而省下的時間正好留給在一起舒服、不累和能夠入心的人。

嘥料

年尾內子做醉雞，最重要的材料是酒。以前多用廉價廚酒，包括加了鹽的花雕。今年想做得好吃點，把家藏的人家送的好酒挑一挑。最後選定了茅台，理由是酒精含量高，不適宜我們飲用。

浸製的結果吃起來並不理想，不覺有酒香，還有點苦，女兒她們吃了還有醉意。女兒上網查一查，說茅台幾百塊錢一瓶，廚酒才幾塊錢一瓶，用茅台做醉雞是「嘥料」。這個「嘥」是浪費的意思。例如「嘥口水」、「嘥時間」、「嘥精神」、「嘥心機」……

友人答應為某機構主持一講座，花了十多個小時準備，結果來聽的只得四人。嘥料！友人從此拒絕任何講座的邀約。

《西遊記》上豬八戒吃人參果，此乃稀世奇珍，可是豬八戒嚼也沒嚼就吞下去了，好東西沒受到欣賞就沒了，這就是嘥料。有才之人要學楊玉環的「天生麗質難自棄」，不讓自己這塊好料被浪費掉。

女媧鍊石補青天，剩下一塊，結果他誕生為多情公子，去大觀園走了一趟，賺得許多癡情女子的眼淚，被世人說到如今，總算沒有嘥料。

龐士元被派到耒陽做了一個小縣令，心有不甘，醉酒不理事。被張飛查察，他立即升堂，不用半天就清了百日積案，讓張飛知道對他的任命是嘥料。

中國歷史上最大的一次嘥料禍害在文革，巴金被派到作協門前掃地，只其最不足道的一例而已。

十不言之外

何太太在網上看到一篇好文章，對何先生說：「阿何，這篇文章寫得好！」

「說來聽聽。」

「文章說有十種說話的禁忌。」

「這麼多？說來聽聽！」

「聽着！看你犯了幾種？」何太太清一清喉嚨說，「第一是多言，喋喋不休討人厭！你的話也不少。」

「第二是輕言，下巴輕輕，答應人家的請託，結果苦了自己。你為此後悔了多少次！」

「第三是狂言，吹牛吹得沒人信。還好你沒有。」

「第四是直言，不理人家感受，變成臭嘴巴。想想你得罪了多少人！」

「第五是盡言，把話說滿了沒彎轉。你對人不會這樣，往往偏對我如此。」

「第六是漏言，說漏嘴，把一些事情泄漏出去，很尷尬。你偶爾會得意忘形。」

「第七是惡言，你是斯文人，惡也有限。」

「第八是矜言，自以為了不起，批評這個，批評那個。你常常忍不住。」

「第九是讒言，挑撥離間，中傷他人。這你倒沒有。」

「第十是怒言，憤怒時說出不理性的話，事後懊悔也來不及了。你跟我吵架時也曾說過一些傷我心的話。」

何先生聽何太太說完，深深歎了一口氣說：「想不到我犯了這麼多條。」

何太太說：「你知道就好！」

三小時後……

「阿何，你啞了？整天悶聲不響！」

「我怕我一開口就犯十條。」

「你現在犯了第十一條：無言！討厭！」

有些話還是要聽的

胡太跟老公吵架了，他們吵架本是常事，結婚之後沒停過，三五個月總有一次。

不過這次吵得厲害，因為胡太懷疑丈夫跟他的女秘書有不恰當的感情。而胡先生無視她的不滿，這次出差上海，偏要帶女秘書同往，理由是女秘書為上海人，談生意時說幾句上海話，會有意想不到的好處。

胡太認為這都是藉口，想到他們趁她不在可能發生的種種，就滿心的怒火。可是她有一份教職，無法跟隨前往。恨不得等老胡一回來就跟他談離婚。

老胡走前給她一條 WhatsApp，叮囑她獨自在家的注意事項。她隨便瞧了一眼，恨恨的說：我偏不做！吹呀！

老胡走的第二天，她把門匙忘在家裏，下班回來不得其門而入。惶急間記得老公 WhatsApp 中似有這條，翻查之下，果然有：「你多次把門匙忘在家裏，關上大門外出時先檢查一下，如真的發生了，可往阿媽處取後備匙。」阿媽就住鄰街，她取得後備匙後心中還不舒服：「竟給這烏鴉嘴說中了！」

第三天出了大門，記得老公在留言的第一句說：「每天看一次我的留言，有你的好處。」心中雖不忿，想到門匙的事還是在手機上看一看。看到第五條：出門前檢查爐頭。覺得有點不安，開門回家，已聞到一陣燶味，那煲湯忘了熄火。心想：好險！

這次她決定把老公的話細看一遍，最後一行是：「你雖怒我，有些話還是要聽的。」她心裏想：也是。嘴裏卻說：「我偏不聽，吹呀！」

誰困在你身體裏？

許多老人有返老還童現象，愛笑愛鬧愛惡作劇。我懷疑這個「童」一直藏在他心坎兒裏，不過受種種社會規章約束，認為人大了就要規規矩矩、正正經經，不可「大唔透」，要大得徹底。這個「童」就被徹底禁閉了。

到一個人老了，解除了名韁利鎖，看透了虛情假意，不再願意違背自己的個性做人。那被禁錮的「童」就會溜出來頑皮一番，開心一番，這就是返老還童的真相。

不是每個人被禁錮在心底的都是「童」，我見過一位鄉村塾師，平常規行矩步、不苟言笑，有一次他喝醉了酒，忽然尖起喉嚨、扭扭捏捏唱起花旦來，眉梢眼角頗有風情。可以想像被他關起來的竟是一個有情有慾的女子。男人體內藏着女人，女人體內藏着男人都不奇怪。只要你留意，街上不乏這樣的人，門關得不夠緊，大着膽子跑出來玩耍了。

生活中還有「轉死性」之說，一個人突然改變了往常的表現，由壞變好，可能是生了一場大病，經過一場劫難，受過殘酷的教訓，人生積累而成的硬殼崩裂，躲在裏面的善良小天使重現人間，帶給人無限驚喜。狄更斯的《聖誕歡歌》講的就是一個吝嗇財主於聖誕夜「看」到自己死後的情況而變得溫暖有人情味的故事。藏在他內心的有感情的一個「他」被釋放出來，自自然然的做他該做的事。

你可知道你的心裏藏着的另一個你是怎樣的？想不想把他放出來？

拗頸人生

「不如意事常八九。」這話一點不錯。

我愛她，她不愛我。她愛阿俊，阿俊愛麗麗，麗麗愛阿智，阿智愛芊芊，芊芊愛我……

同一個產房，已經有兩個女兒而想生子的羅師奶，今天又生了一個女，已經有三個兒子而想生女的何師奶，同一天生了一對孖仔。

他天天上班早到，波士比他遲一小時才回來；他今天第一次遲到，波士卻一早回來了。

同事合份買彩票，他每次都參加，沒有一次中大獎。這次他因病缺席沒參加，同事們卻中了二獎。

房價最高的時候她買了兩個單位，房價最低的時候她要出售了。

他的愛人是糖水店女老板，妙手巧製糖水十六種。結婚後兩個月，醫生證實他患了糖尿病。

她自小愛狗，但所住公寓不許養狗。婚後遷入新居，她立即養了兩隻，卻發現丈夫對狗嚴重敏感。

他坐船暈浪，一直不肯坐郵輪旅遊。這次為慶祝結婚四十周年，答應太太坐郵輪，上了鑽石公主號。就是要坐包機回來那一水沉船。

他是公務員，在政府服務三十三年，終於退休了，有長俸待遇，不用上班有糧出。退休後一個月，他病逝。

點指兵兵

粵語兒歌：「點指兵兵，點着誰人做大兵？點指賊賊，點着誰人做大賊？」一面唱一面用手指數着點。點到最後一個兵字時，身分就是兵；點到最後一個賊字時，身分就是賊。隨即展開一場兵捉賊遊戲。

這遊戲擴而大之，應用於政壇。譬如滿朝貪污，整不勝整，要捉幾個祭旗。於是賭你彩數，一不小心手指最後落在誰身上，就要洗乾淨 pat pat 坐監了。

還有一個更權威的手指，不論男女老幼，不計富貴貧窮，一下子點到某人，冇情講，即刻要上路。請他一路好走。

有身纏多種疾病，日服藥丸多種，要坐輪椅代步的，九十歲仍健在，大家笑說上帝把他忘了。有運動健將，身手敏捷，肌肉結實，檢查身體結果，每個數字都正常，卻在一次攀山運動中不幸失足跌死了。

有人十分注意健康，食物少糖少鹽少油，每天準時作息，結果中年走了。另一個暴飲暴食，又煙又酒。身患多種慢性病，屬高危人士，卻已九十高齡。

我們看到平民固然要走，公侯將相，千億富翁，甚至名醫自己，也抵擋不住那一指。曾想方設法求長生的帝王，結果「萬里長城今猶在，不見當年秦始皇。」

這點指兵兵遊戲是完全不講規律，不顧人情，不依常理的。你以為自己來日方長，在準備什麼五年十年大計，卻被使者拍拍肩頭向你一指說：「兄台，到你！」

因此凡事毋須緊張，把每天當最後一天過，希望不放在明天。當見那手指時，笑曰：「終於到我了。」

臥虎藏龍

常聽人說：我們這城市，華人雖是少數民族，但臥虎藏龍，很多有本領、有學問、有名望、有錢財的人潛藏其間，只是他們十分低調，看上去就是個平常的老人家，實際上他們有很輝煌的過去，只是他們不張揚，也就沒人知道他們。

那這些虎為什麼要臥，這些龍為什麼要藏呢？原因當然不止一兩個。

一個是看破了。他們曾經聲名赫赫一時，是從前那個時代某個界別的頂尖人物。但時移世易，來到這異國他鄉，知道他們名字的已愈來愈少。而他們的才能和技藝，也不為這個時代和地域所需要。那又何必去趁熱鬧，不如靜養於此，省卻多少煩惱。

一個是健康差了。做事、說話甚至行動多有不便，許多邀請他們多婉拒。日子久了自然會被大眾遺忘。

一個是政界或軍界人物，既不想別人翻舊賬，也不想再給別人拿剩餘價值來利用。只想平平安安度過餘下的日子。因此潛藏唯恐不深。

也有曾經不甘寂寞，想投入新的環境有一番作為的，可是天時、地利、人和缺一不可。技藝追不上時代，貢獻非當地所需，人際關係缺乏。努力再三，困難重重，部分重回故地，更多選擇退休，游水、行山、打牌、種花、釣魚、吹水……落得自在。

日子一天天過去，肌肉鬆弛，身軀佝僂，英氣消失，自己也忘記曾是一號人物。當有人發現他們，說此地臥虎藏龍時，他們會亂以他語。

長者的 Bumper 標貼

常見有幽默的標貼貼在汽車的 Bumper（防撞保險桿）上。以下是長者使用的汽車上的幾則。

老年三跡象：第一個是記憶力衰退，其他兩個我忘記了。（幽默在後一句正是前一句的證明。）

我們因更好更壞而結合：他不能做得更好，我不能做得更差。（所謂大局已定，雙方滿意對方的現狀就行。）

終生保用：到了我這年紀，購買的所有東西都是終生保用。（保用期隨時比我的壽命長。）

尊敬長輩：我常被教導要尊敬長輩，但如今我已無長輩須尊敬。（即是他已是輩分最老的一個。）

美容院裏：我在一間美容院裏接近兩小時，這只是估價時間。(太多地方要修補了。真要做時所需時間可想而知。)

對孫兒女好些：是他們為你挑選安老院。(如果你活得夠長，將來負責照顧你晚年生活的是孫兒女輩。)

餐費先付：或許因為我實在很老，外出進餐時他們要求我餐費先付。(這說法有點誇張，不過對老人的歧視在在都有，例如不接受老人購買旅遊保險。)

這七則 Bumper 標貼，雖說幽默，暮年的悲哀卻在其中。

如果聽不見

一位文學界常見的朋友多時沒見了，我想是因為聽覺比前更退化了吧？

文學界的聚會以講和聽為主，別人講的你聽不見，那你出席來做什麼？

我在想：如果我完全聽不見會怎樣？

我會懷念一些聲音，啊，那雨點的聲音，不疾不徐，打在屋頂、窗戶、傘面……我會懷念鳥鳴，包括麻雀瑣碎的絮絮叨叨，烏鴉嘶啞的惡意警告，從故鄉一直聽到這裏的布谷催耕……我會懷念那些舊歌，帶來青春歲月的影象，引發陣陣心潮……我會懷念二胡、琵琶和洞簫，那屬於中國的聲音，觸動我的靈魂。當然最懷念是孫女兒嬌聲叫爺爺的聲音，聽着心都融了。

我會懷念一些本來不欣賞的聲音，鐵騎士經過時死氣喉的爆響，擠塞車龍中喇叭不耐煩的互相責罵，公共車廂裏張家長李家短的八卦，別說優美、連旋律都沒有的聒耳的「歌」聲……因為只要能聽見，最不堪的聲音也是仙樂。

那時唱機、收音機都與我無關了，幸好還有電視，有字幕的才是我的節目。手機是最大的恩物，可以靠它WhatsApp 或 WeChat。這是新科技帶給我的與人溝通的新途徑，憑着它我可以傳消息、說近況、訴衷情，我雖聽不見，卻可收到萬里外面的問候和關心。

前人的筆談要面對面，現代的筆談橫跨千山萬水。原諒我也成低頭一族，當你看到我對着小小屏幕微笑，你要理解，也給我一個微笑。

不會落空

從二十多歲開始寫，寫了一甲子了，還沒有停下。只是從前用筆，如今用滑鼠和鍵盤。

寫作路也是一種馬拉松，眼看一同起步的友輩，有的離隊了，有的告辭人間了，我還在跑着、跑着，有點吃力，但後勁猶在。

每年維持着出版一至兩本書，從未使出版社虧本。還會拿一兩個小獎，讓大家歡喜。

作為寫作人有一個熱切的願望，就是作品的生命比他本人更長。《莊子》、《史記》都二千多年了，《紅樓夢》也二百多年了，相信還可以無盡期地延續下去。當代金庸的武俠小說，也該列入不朽之列。可是我那百多本中比較像樣的幾十本書，最長壽的一本芳齡三十七(2018年)，因為剛有新版面世。以個人客觀的評價，至今應該沒有一本能超過百載。之後便如大浪淘沙，像絕大部分出版物那樣消失在書海之中，淹沒無跡，這難免使人灰心。

近日讀席慕蓉《生命的面貌》，寫她偶然在街頭電視上聽到一位女歌手唱歌，跟她十多二十年前的表現有巨大的進步。這使她深有觸動：

感動於一個生命的努力畢竟不會落空。在浩瀚的人海裏，在紛亂的紅塵中，沒有一個絕對孤獨的個體，縱然一生都不能相識，但是每一個生命都是互相牽連、互相依傍、也互相影響着的。

這使我感到安慰，相信我的努力也不會落空，即使我的書不存在了，但其中曾經產生過的影響，仍將在心與心之間傳播。

沒有什麼大不了

許多文人都為自己取個書齋名，其中有名的如梁啟超的「飲冰室」，紀曉嵐的「閱微草堂」，豐子愷的「緣緣堂」，梁實秋的「雅舍」，葉聖陶的「未厭居」，王力的「龍蟲並雕齋」等等。

我見過有香港名士居所只得四百平方呎，一家五口擠在裏面，卻也有個齋名，聽來雅致。

本人移居溫市後居所相當寬敞，藏書亦不少，卻沒有一個書齋名字。最近有朋友習印，自動請纓，要替我雕幾個「閒章」，問我有沒有書齋名稱。我說沒有，他說你就取一個吧。他還說他有一枚田黃石，想刻了送我。我說田黃比黃金還貴，怎能收此重禮？他說寶劍贈俠士，反正放着沒用，沒有什麼大不了，你就收下吧。不過你得先取個齋名。

我說：「沒有什麼大不了，這話正合我意，就用來作齋名吧。」朋友説這名字有點怪！我説怪才容易記，於是就這樣定了。

的確，到了我這樣的年紀，還有什麼大不了的事呢？活了八十多年是既成事實，無人能搶得走，「老人家」做定了。一百多種書出版了，有根有據，無人能否定，網上可以查到，大學圖書館也有目錄，沒有白白度過一生，可堪告慰。絕症？根本年紀大了會死就是絕症，患不患相差無幾。老人病？此地醫療制度不差，會在適當照顧下度過餘年。人生種種不如意？「不如意事十常八九」，這是常規，只要有心理準備，也沒有什麼大不了。

生日感言

從沒寫過生日感言，今年就寫一篇吧。為什麼要寫呢？因為今年頗有點感想吧。

今年從新聞得知的逝世名人，享壽不是「入伍」，不是「登陸」，不是「古稀」，而是我這個階段。這說明人的平均年齡的確提高了，也說明我這個年齡是該走的「旺季」。

或許你說：喂喂喂，何出此不吉之言？是厭世麼？

到了我這個年紀已無所謂吉不吉，來日無多，能吉到哪裏去？已享高壽（不低就是高），又能不吉到哪裏？因此大可口沒遮攔，胡說八道。

厭世？才不呢！不是每天還在練字麼，看到進步仍沾沾自喜。不是每天仍在唱歌嗎？唱歡喜的歌或悲傷的歌，同樣開心也同樣下淚。不是仍選時髦款式的衣服穿麼？趁體態還未走樣。

有點鬱鬱倒是真的，環境如此美好，春櫻秋楓，不知還能看多少次？附近美如仙境的惹思湖，不知還能去多少趟？親情友情如此溫馨，能看到孫女大學畢業的機會似乎不大，有些好友怕此生已無緣再見。

要學習的是自我開解，到了這年紀生日而能寫感言，且有人看，還想怎的？

墓地探訪

話劇《相約星期二》中，慕理教授約定學生明哲他日到他墓地探訪，帶他愛吃的東西來，到時他不能說但能聽。教授去世後，明哲真的如教授所吩咐，到墓地去，也帶了吃的。

想像如我是墓中人，應該也是寂寞的，有親友來訪，該感欣喜。

不必帶吃的給我，但新鮮美麗的水果看看也是開心的。肥膩的燒肉雞鴨就千萬別拿來。一束鮮花十分歡迎，黃菊白菊當屬首選。

歡迎帶小朋友來，很想聽他們的歡聲笑語。他們仍未懂得人生之痛，是最快樂的年代，看到他們那悲傷自然減輕。

我喜歡聽你們讀詩，生前遺憾未能獲得詩人頭銜，其實詩也寫過不少。就選幾首我寫的詩來讀吧，都是很容易明白的，也都是有情之作。也先讓小朋友練練，用天籟讀童詩。我寫的那首《下雨天》，在校際朗誦節許多孩子都讀過，網上也有得獎者的表演。

你們也可以讀自己寫的詩，但要讓我聽得明白，不要故弄玄虛，不知你究竟想説什麼。

説故事也可以，教孩子們講我寫的故事，有很多的選擇。

除了一班朋友同來，一個人單獨來另有意思，對我説説你的心事。把你的苦惱、煩悶、憂愁都傾訴出來，想像我會怎樣回答。以你們對我的了解，那回答該差不離了。或許對你有幫助。

墓地的草有點亂吧，請順手整理一下。